这~~个盒子~~ 这本书属于……

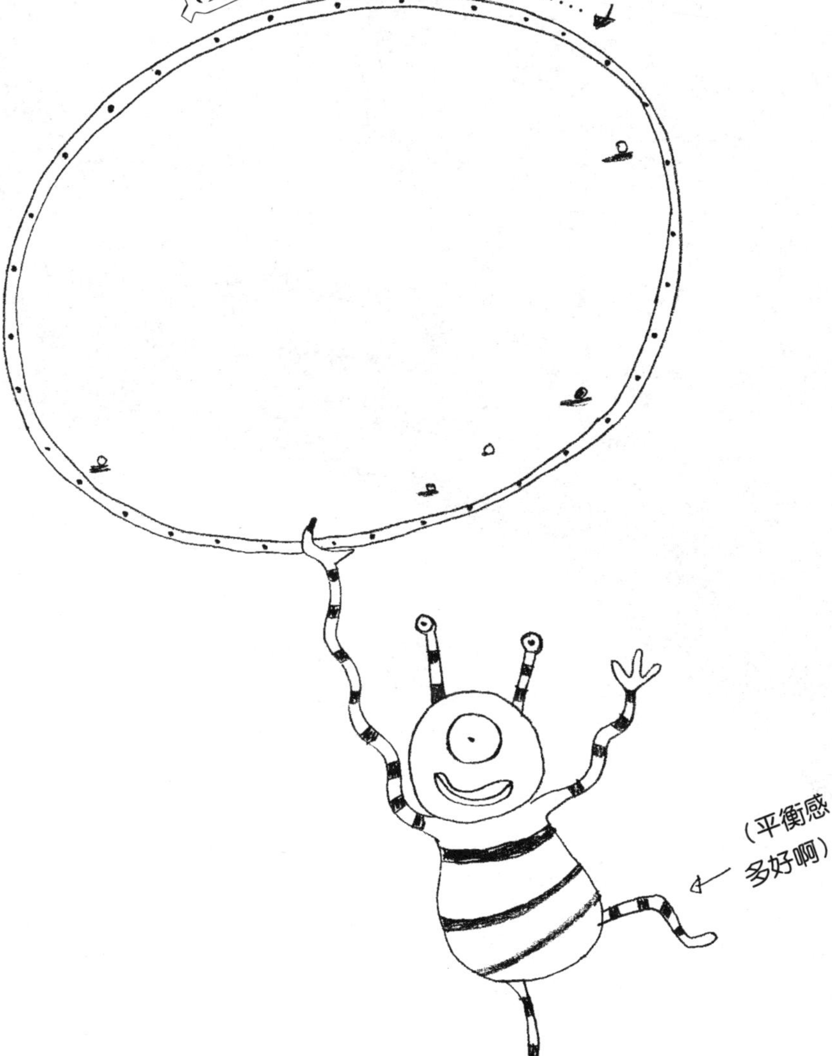

了不起的小盖莎

·DARENXIU·WANHUI·DE·SHENMI·JIABIN·

达人秀晚会的神秘嘉宾

[英] 利兹·皮琼 著
高楠 译

接力出版社
Publishing House

桂图登字：20－2012－111

图书在版编目（CIP）数据

达人秀晚会的神秘嘉宾 /（英）利兹 · 皮琼著；高楠译．—南宁：接力出版社，2017.12（2025.10 重印）
（了不起的小盖茨）
书名原文：GENIUS IDEAS
ISBN 978-7-5448-5334-7

Ⅰ．①达… Ⅱ．①利…②高… Ⅲ．①儿童小说－长篇小说－英国－现代 Ⅳ．①I561.84

中国版本图书馆 CIP 数据核字（2018）第 020098 号

责任编辑：李雅宁　　文字编辑：唐国议　　美术编辑：王雪
责任校对：贾玲云　　责任监印：刘宝琪　　版权联络：闫安琪
出版人：白冰　雷鸣
出版发行：接力出版社　　社址：广西南宁市园湖南路 9 号　　邮编：530022
电话：010-65546561（发行部）　　传真：010-65545210（发行部）
网址：http://www.jielibj.com　　电子邮箱：jieli@jielibook.com
经销：新华书店　　印制：天津盛辉印刷有限公司
开本：889 毫米 ×1194 毫米　1/32　　印张：10.125　　字数：115 千字
版次：2017 年 12 月第 1 版　　印次：2025 年 10 月第 3 次印刷
印数：14 001—20 000 册　　定价：32.00 元

这是一本好玩得**稀里哗啦**的书。

这是一本好笑得**稀里哗啦**的书。

我们说不清它是出自谁的手，是作家，还是一个小孩？我们说不清它到底算什么，是小说，是涂鸦，还是一本**图画书**？总而言之，它是个**怪咖**。如果你是一个喜欢校园小说的小学生，那么读它吧，因为它就像是你自己亲笔写出来的那么真实、生动。别的我不敢保证，但你绝对每读一页都会发出**稀里哗啦**的笑声！

——幻想小说作家 彭懿

登场人物介绍

汤姆·盖茨——也就是我！
当老师没拿他那绿豆小眼盯着我时，我就会在这本书上画些好玩的东西……

我最好的哥们儿——**德瑞克**。
我和他组建了一个叫作狗僵尸的乐队，很酷吧？

不像亲姐姐的姐姐——**黛莉娅**。她无论什么时候都是这副苦瓜脸，永远戴着一副太阳镜，真是个怪人。捉弄她是我每天必干的事情！

我的班主任**福勒曼**先生。他有着超人类的顺风耳和千里眼，能抓到你的一切小动作……

艾米·波特。她是我们班最聪明、最可爱的女孩，也是我的同桌。

马库斯·梅尔德鲁。我的另一位同桌，全世界最讨厌的人，毛病一箩筐。

通常情况下，我都会把他画成被怪兽踩扁或者各种奇形怪状的样子，不过在这里就先饶了他吧。

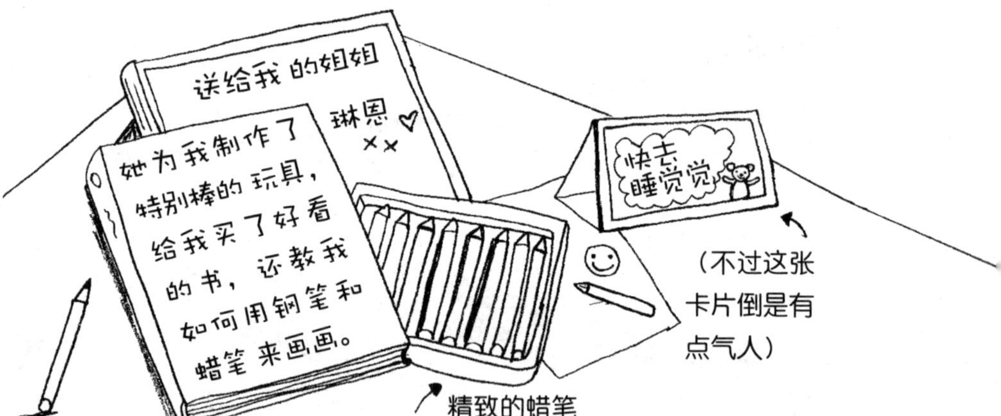
送给我的姐姐
琳恩
她为我制作了特别棒的玩具，给我买了好看的书，还教我如何用钢笔和蜡笔来画画。
快去睡觉觉
精致的蜡笔
（不过这张卡片倒是有点气人）

这是一个只有**天才**才能想出来的点子……

这是一本书中书。

快速翻动书页，

欣赏小虫子跳舞吧。

要是你觉得我的字看起来有点
“颤颤巍巍”，
那是因为我刚刚遭受了一场
可怕
的打击！

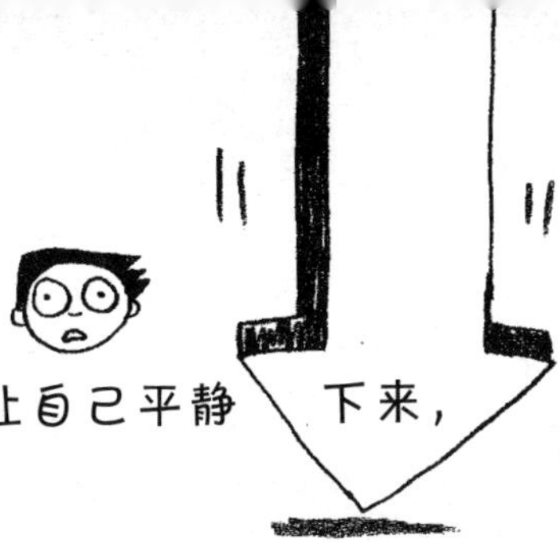

所以，为了能让自己平静下来，

我正在使劲找我的

特别的

紧急情况

安抚饼干！

那可是我一直藏在床底下的宝贝。

（现在绝对算是个紧急情况了。）

什么！ 算了算了。

好吧，我来解释一下发生了什么事。本来我坐在洗手间里，假装正在洗澡，其实是在看漫画（我知道你们也经常这样子的啦）。

这时有人开始砸门了，乒乒乒乒，那叫一个响。

我猜是我姐姐黛莉娅，所以就没理她。

然后她就继续砸……

乒乒，

乒乒！

继续砸……

继续砸。

乒乒，

乒乒！

那噪声真是**太**烦人了，但我还是勉为其难地继续看我的漫画书，把每一页都仔仔细细看完了。我那阅读速度简直是**龟速**。最后，我总算是看完了整本书，然后小心翼翼地打开了  卫生间的门。

我本以为黛莉娅会因为我占着卫生间这么久而冲我  大吼大叫，但是完全没想到，我看到的是**这个**。

呃……

这场面太恐怖了！

我大叫一声

这一喊，把爸爸从卧室里喊了出来，他要看看这**怪喊怪叫**是怎么回事。

他说："你们在干什么？"

于是我说："是黛莉娅，

她不戴←墨镜的样子太吓人了！"

然后爸爸就说，

哪怕他能因为我俩不吵架而 清静一天，

他都**心满意足**了。

黛莉娅气得冒烟了，

她指着我，

说全家就我一个人有“精神病”，

然后又对爸爸说他的样子

简直是太荒唐了，

说完就钻进了卫生间，

砰地一摔门，于是我们便瞧不见

她的人影儿了。

这时我才把爸爸穿的衣服

从上到下看了个清楚。

艳蓝色的紧身运动短裤。

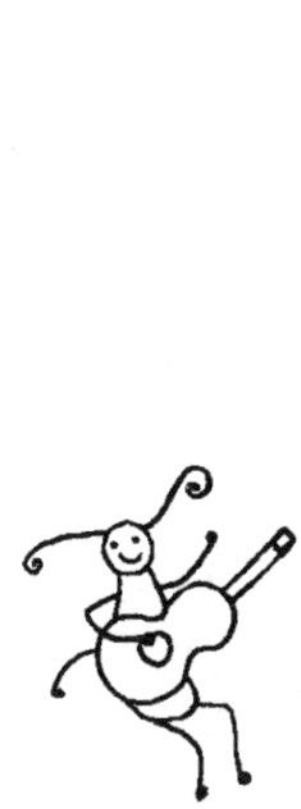

我都没法判断他们俩谁的样子更可怕了：

是没戴墨镜的黛莉娅，

还是穿着紧身运动短裤的爸爸呢？

妈妈也来添乱。

她上了楼，大声嚷嚷道：

“怎么每个人都在嚷嚷呢？”

接着看了爸爸一眼又说道，“你这穿的到底是什么啊？”

爸爸指出，只有她一个人在嚷嚷，

而他那条紧身运动短裤，则是他

精心制定的健身计划里的**重要装备**。

妈妈听完简直狂笑不止。

哈！哈！哈！

我心想，我大概应该趁现在回自己房间去，因为：

恶心 + 惊吓 = 安抚饼干

好在我藏了几块饼干，就是专门为了在这种时候派上用场的。

我只希望今天再也别让我碰上什么倒霉的事了。唉……我吃掉了半块（其实已经是第二块了）紧急威化饼，然后便开始幻想。我幻想着在学校度过的轻松又有趣的一天会是什么样子，那都是我的理想啊。嗯……我想这一天大概应该是这样的……

福勒曼先生见到我**非常高兴**

（虽然我迟到了）。

我有一套专用的**高级**课桌椅，而且离

那个讨人嫌的**马库斯** 

→ 要多远有多远。

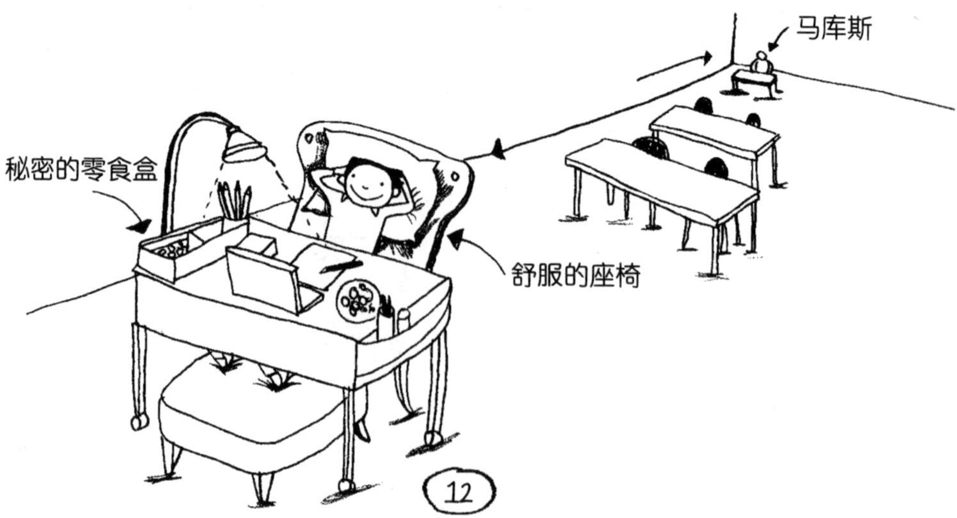

课程都是任选的，所以我可以选择我想做的事（这太好选了）。

我们的新任美术老师

斯特劳小姐人**很好**，

她强烈要求我用

来做创作素材。

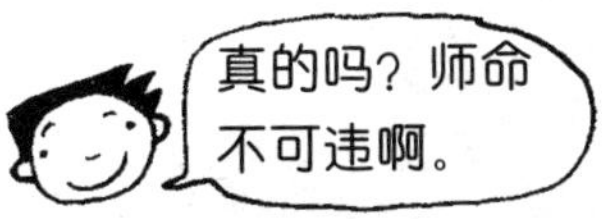

我先是画涂鸦，想画多久就画多久，然后把那些威化饼像搭积木那样堆得高高的，玩得**可高兴**了。

斯特劳小姐看了赞不绝口，还让我吃了**两块**威化饼当零食。

而且她还允许我打开其他那些威化饼的包装纸，把那些金箔纸用来做我那好玩的拼贴画。

（那些威化饼我可以留着以后吃。）

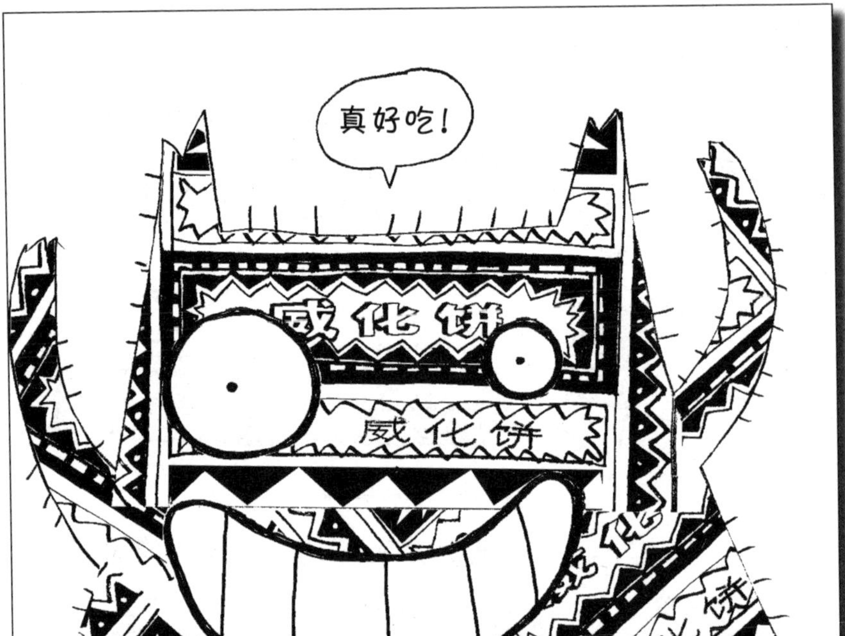

斯特劳小姐认为我是个

美术饼干……**天才。**

我强烈同意。

做得真棒，汤姆。
我还能说什么呢？
你这**精美绝伦**的拼贴画
就应该得 100 分啊！

斯特劳小姐

（我把我得的 100 分给马库斯看，把他气坏了。）

这一天接下来的事情就更美好了。我和几个朋友享用了一顿**美味的**午餐，而为我们服务的则是……

老师们。

我在食堂里最好的位置就餐（这一点和以前可不一样了）。我还可以再多吃一份布丁，

然后呢，在下节课开始之前，

我还可以把脚放在凳子上，非常放松地休息。

而下节课就是**格外有趣**的实验课啦。

（在室外——因为我理想中最完美的一天应该是个**大晴天**。）

全班同学帮我把成百上千块威化饼排成一队，把学校围了起来。然后我就把第一块威化饼向前一推，所有那些威化饼就都一块接一块地倒下去了，

那阵势真是**精彩极了**（就像多米诺骨牌一样）。

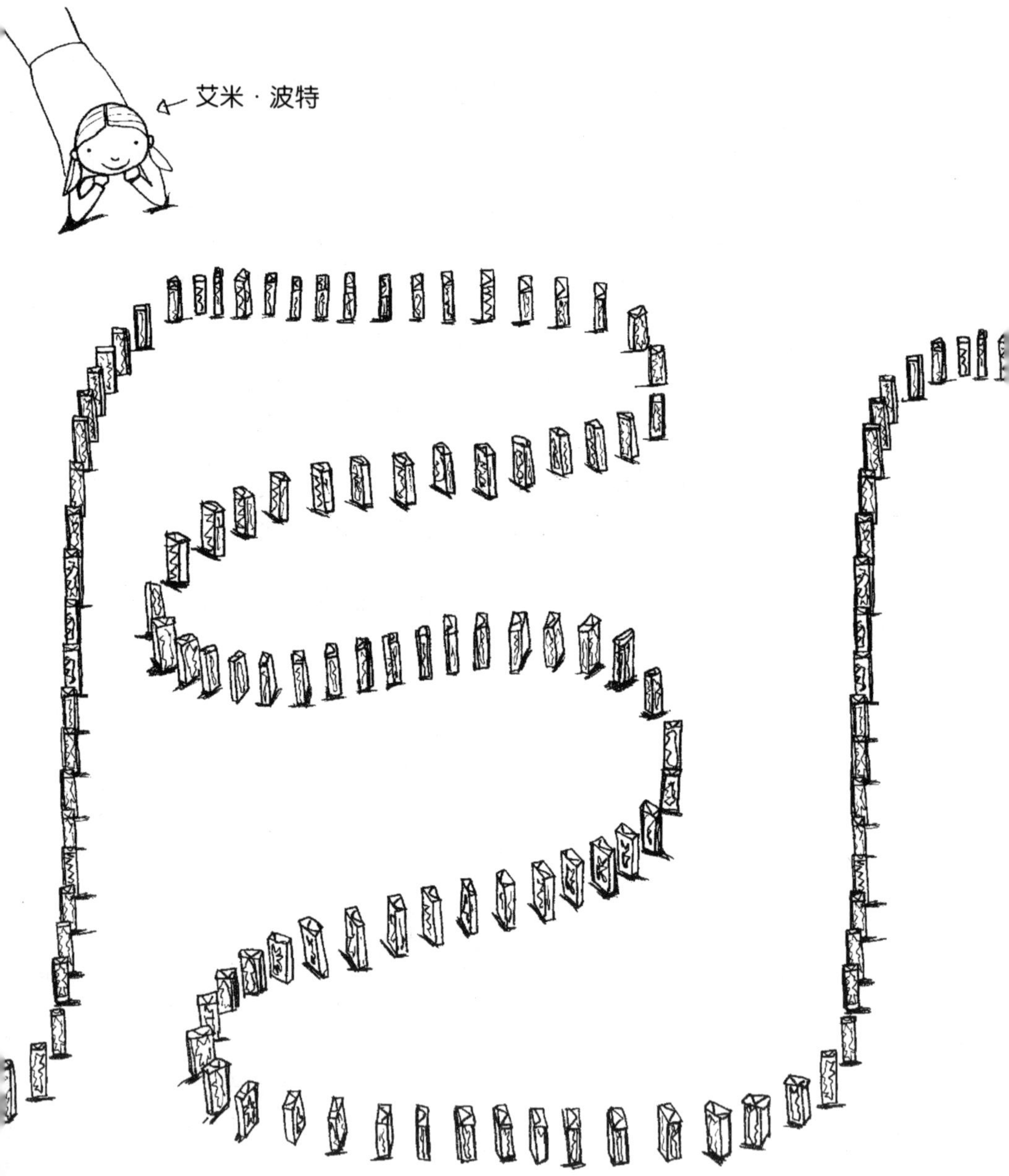
艾米·波特

场面壮观的

威化饼 表演打破了

世界饼干倒下的纪录！

（而所有人也都能多吃几块威化饼了。）

然后，福勒曼先生宣布说，为了给我们一个特别优待，今天将由……兄弟3给我们

上音乐课。

这可是史上最棒的乐队了！

他们乘坐着

巨大的豪华旅行车来到了我们学校，上演了一场精彩爆棚的演唱会。

而因为德瑞克（我最好的朋友）和我是兄弟3的铁杆粉丝，我们站到了舞台上，用我们自己的吉他和他们一起演奏了那些我们熟知的歌曲。

兄弟3说我们表现得太棒了，向我们表示祝贺，而这下可气坏了马库斯，他把脸拉成了这样：

不过，要是兄弟3乘坐的旅行车停在我家门外时，与黛莉娅那张臭脸相比，马库斯那副模样就是小巫见大巫了。

我和德瑞克从车上跳了下来，向乐队的全体成员说了声“回头见！”他们也向我们挥手告别。接着我们就提着兄弟3乐队送给我们的崭新炫酷吉他回了家。

在我看来，在学校里度过的最棒、最精彩的一天就应该是这样的了！

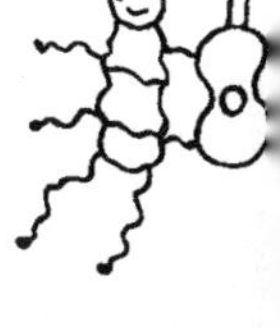

不过现实……  谁知道呢？没准儿今天也可能就是个好日子呢！

就好像上周在晨会（我对晨会可一点都不期待），纳普太太问了大家一个问题：

谁能告诉我现在是哪一年，哪一月？

我还没来得及举手回答，马库斯就几乎从地上一跃而起，抡着胳膊挥起手来，好让纳普太太点他来回答。她果然点了他的名。

不过真正搞笑的地方在于马库斯发言时，竟然大声地回答说：

妈妈，现在是……

接下来我们全都狂笑不止，

而他还不明白为什么。纳普太太只好说：

我想，你本来是想叫我

纳普太太。

这可真是笑死人啦！

那天我肚子都笑疼了。

不过，要是被爸爸妈妈看到我这么晚了还没

去上学，那可就麻烦大了。

其实我也不确定他们会不会注意到。我还能听

到妈妈每次说到

健身计划

这几个字时发出的咯咯咯的笑声，仿佛那是她

这辈子听到过的最好笑的笑话似的。

我 没有 笑，因为我知道：

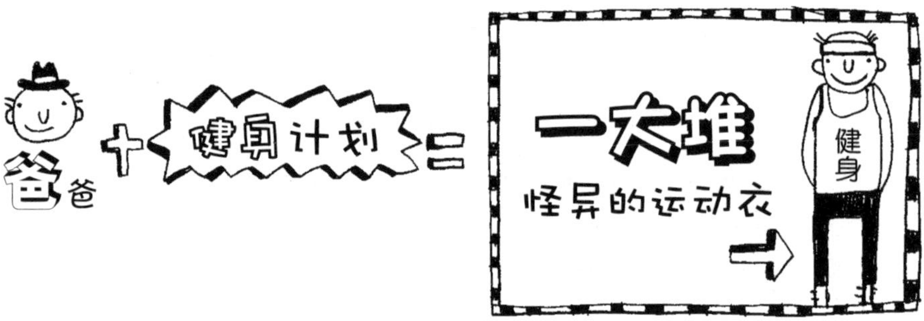

他很可能会开始穿着比那条艳蓝色的紧身短裤更丢人的衣服出现在我的学校，甚至是我朋友的家里，那简直让人无地自容。

要是真的该怎么办？

我溜到楼下，随手抓了点吃的当早餐，然后意识到现在我已经彻底迟到了。妈妈在楼上，这会儿还在忙。

也许我可以去请求她给我写一张理由充分的字条，我好交给福勒曼先生。

不过，我有一个更简单的办法……

……我自己写一张不就行了嘛！

（这是个天才的好主意。）

亲爱的福勒曼先生：

可怜的汤姆今天早上由于被他那~~讨厌鬼~~ ~~蠢蛋~~姐姐惊吓，受了很严重的刺激。我很抱歉他上学迟到了。我们已经警告了黛莉娅不许再吓唬汤姆（或是干其他坏事）了。

汤姆由于受了刺激，今天可能会很难集中精神做难度大的数学题。我们就是想让您知道这个情况。

谢谢您。

瑞塔·盖茨

好喽，写完啦！

（但愿**福**勒曼先生 不会 怀疑我这张字条有鬼。我没提到爸爸的运动短裤，因为那样就得解释好半天了。）

爸爸下楼来了，开始做一些古怪的

伸展动作。

妈妈从楼上冲我**大喊**：

汤姆，你走了没有？

于是我迅速地对爸爸说了声“**再见**”，并提醒他我晚上可能要去诺曼家进行乐队排练。他说：“诺曼家也不是太远，要不我**跑步**去他家接你？”我立即回答：

“千万别！”

我回答得太快了点，

可我就是怕他决定穿成……

呃，这个样子。

我对他说：“德瑞克的爸爸会来接我们的，

都安排好了，您就不用操心了，爸爸。”

还好我脑子转得快……唉！

德瑞克没有在门口等我，他已经上学去了。

于是我就把我那张“特别的”**迟到理由**字条稳妥地放在书包里，

朝学校走去。

路过商店的时候，我想，要不我**快速**地进去买一小包零食？（好主意。）

我选了一阵子才选好要买什么。

我希望因为我有迟到理由字条，福勒曼先生看了字条以后会说：

没问题，汤姆。

然后饶了我。不过就算他不放过我，至少我还有这包零食吃。祝我好运*。

* 在西方，交叉手指代表祈祷有个好运气。

当我终于到了学校，居然一个人也没有。

到处都安静得**出奇**。

只有纳普太太的教室里有点动静。她教室的门

微微开着，

从里面**飘飘忽忽**

地传出来一些古怪的声音，

听起来有点像是……

痛苦的猫在哀号。

于是我走了过去，偷偷地看一眼

里面到底是什么情况。

原来是纳普太太，

她貌似是在唱着歌给全班点名。

更让人受不了的是，纳普太太居然还让同学们挨个儿把自己的名字唱出来。

这可真受罪。

纳普太太只要一唱歌就莫名的亢奋，跟她平时一样。

“这是不是**很有意思啊？**”

查理·史密斯（刚刚唱了自己名字的那位）则唱着回答她：“不…… 不觉得。”

这让纳普太太有点**不高兴**了。

于是她唱道：“**哦，天哪……我们重新唱一遍，这次我们都要把它唱好。**”

查理·史密斯试图唱着对她说：

“我只是开玩笑的，纳普太太！”

可是已经太迟了。

幸亏我（和我们班）运气好，福勒曼先生不搞什么“唱歌点名”。要是他也来这一套的话，我估计我们得待在教室里一整天也别想出来了。

我**光顾着**偷看了，咕哝太太走到我身后了我都没有听到，直到她说：

吓得我**跳了起来**。

“你不是应该在上课吗？”

我就解释说，我正要去教室呢，而且我还有一张

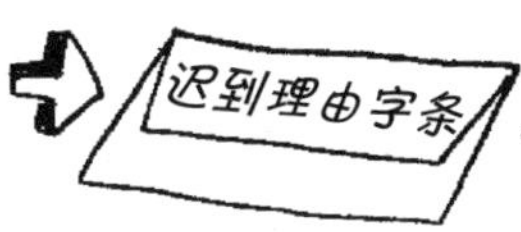

。**咕**哝太太想起，说：

“今天早上，有场特殊的谈心活动。福勒曼先生正带着你们班去和一些低年级的孩子见面呢。”

于是我说：

“太好了。”

然后我就准备去找他们了。

这时她接着说：

“可是我不确定他们去的是哪个班级。

你最好和 我 一起在学校办公室等他们回来，

这样我好在名册上记录 ✓ 你到校了。

我们可不想让你在学校里到处乱逛啊，

是不是？”

1. 到底什么是“谈心活动”？

2. 我得在学校办公室里坐多久呢？因为这多少有点不自在啊。

咕哝太太指了指一把椅子让我坐下，并且要求我在她**播广播**的时候不要讲话。

至少这个看上去挺有意思的。

咕哝太太清了清喉咙，然后，她一边按下一个红色按钮，一边把身子**向前倾**，都快扎进扩音器里去了。她一开始说话，声音就完全变得……

呃……

咕咕哝哝了。

“奥克菲尔德学校全体师生，

请注意，

我要提醒大家，这个星期五是**教师培训日**，

所以将比平时早**一小时**放学。”

我几乎能听到  从全校各个角落

传来的

欢呼声

（这真是很好玩）。

“由于纳普太太指导的舞蹈

《穿越数十年》要**增加**一次排练，

今天午餐时间的象棋活动取消了。”

于是又爆发出一阵热烈程度稍

低一点的**欢呼声**。

然后便是最后一条通知，她向全校广播道：

“还有一件事。福勒曼先生回到教室时，

请派一名同学来把汤姆·盖茨

从学校办公室领走，因为他今天迟到了，

正在办公室等着被领回去呢。

谢谢了。”

这下可好了，

现在全校都知道我迟到了。

而且，瞧咕哝太太这话说的，

好像我是个什么包裹似的。

（哎哟。）

等咕哝太太播完了通知，我必须得提醒她

我有“迟到理由字条”，免得惹来麻烦。

我说：“咕哝太太，我知道我是迟到了，

可是我这里有张字条解释了原因。”

而她则说：

“那很好，汤姆。我看一看那张字条吧。”

这下可让我有点紧张了。

我的字条塞在了书包里，

翻遍了书包都找不着了。

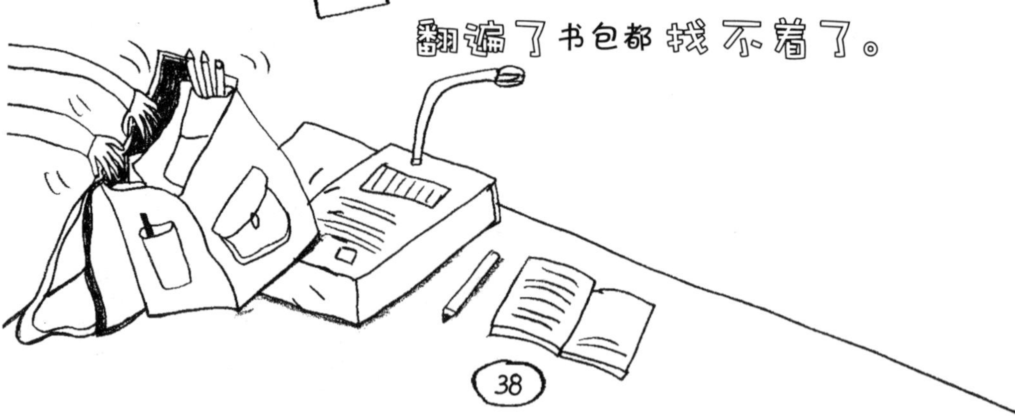

我把书包放在了她的办公桌上，这样才能仔细翻个遍。

我一边找，一边**认认真真**地向她解释所有关于我姐姐黛莉娅的事，以及她今天早晨是如何令我**大受刺激**（这是事实）。

但我没有说发生了什么事，而是像这样重新做出一副“**我受刺激了**”的样子……

结果把咕哝太太吓了一跳。

因为我仍然没找着我的字条，我只得继续说……

“就在书包里的，不知道塞哪儿了。”然后我还对咕哝太太说妈妈有点担心我，因为我脸色看起来不太好。

“妈妈告诉我，我因为受了刺激而出了一身冷汗，需要先坐下来恢复一下，才能去上学。就是因为这样我才迟到的，咕哝太太。”

这次我做了个和刚才稍微不同的样子……

就像这样……

然后我总算是松了一口气，因为我终于找到了我那张字条。我把它递给了咕哝太太，而她正要看的时候，

有人敲响了办公室的门。

是我们班的艾米·波特，

她对咕哝太太说了两件事。

1。我现在可以回班了，因为福勒曼先生已经回到教室了。

2。全校刚才已经都听到我关于我为什么会迟到的解释了，因为扩音器还开着呢。

还开着？

咕哝太太把我的书包从那个特别的红色按钮上挪开，说：

“哦，天哪，原来是这么回事。”

此时我脸上是一副非常不好意思的神情，就像这样……

而比这更糟的还在后头呢！**咭**哝太太拿来了她的照相机。

她说：**“这倒给我提了个醒，汤姆，我需要一张你的照片。”**

我说：**“现在？”**

因为我能感觉到我的脸正变得

越来越红！

咭哝太太告诉我，是学校的**简报**上需要一张我的照片。

“因为你在素描本封面上画的画被评为优秀美术作业，*

简报上要对你进行特别的提名表扬。

这可不是什么难为情的事啊，汤姆！”

---

* 故事详情见“了不起的小盖茨”系列之《天才整蛊隐形笔》 第 150 页。

听到这个消息，我高兴了一点儿。我都已经忘了自己上简报的事了。

至少艾米会看到，我不是总犯这种低级错误的。

说起低级错误……

咕哝太太正准备照相，

这时又有人敲门了。

门外站着个小孩，

头发上

插着……

一把梳子，

拿不下来了。

咕哝太太看了看他说：

“你这是怎么搞的？”

那小孩说他也不知道。

咕哝太太让他

在那边等着，

然后又拿起相机给我照了一张照片。我真心希望这张登报的照片拍得帅一点。

现在咕哝太太要应付那个梳子  插在头发里拿不下来的小孩了，似乎把我的迟到理由字条给忘了，这真是让我

大大松了口气啊。

回教室的路上，**艾米**想让我告诉她到底黛莉娅做了什么，让我受了那么大的“**刺激**”。

我不能说“她摘掉了墨镜，

那样子太恐怖了”，

因为那听起来一点都不吓人。

（虽然实际上真是挺恐怖的。）

相反，我是这么说的：“没什么，我现在心情已经平复了。”（好像我很勇敢似的。）

然后我很快就找机会换了个话题，我问艾米那个谈心会是怎么回事。

艾米说，那些低年级的小孩子要选一个高年级的孩子（我们之中的一个）来做他们的搭档。

“我们得照料他们，要确保他们在学校里过得愉快。就是这些事情。福勒曼先生带我们去和他们见个面，打个招呼，这样那些小不点儿就知道我们都是谁了。”我说：“他们运气真不错。”

因为我没在场，我便问艾米，如果没人选你当搭档会怎么样？

艾米对我说：

“不是所有的小孩都想要个搭档的。所以别担心，要是你没被选上，还省得麻烦了呢。”

但我觉得我应该能做个很不错的搭档。我可以教给他们各种极为重要的事情，比如：

如何在午饭排队时排到第一个？

如何能多得到一些爱吃的食物？☺

如何少得到一点不爱吃的食物？

哪几个老师得小心提防？

为什么兄弟3是

全世界**最棒的乐队**……

回到教室以后，福勒曼先生说：

迟到总比不到强啊，汤姆。

我不用解释我之前在哪儿了，因为所有人都已经听到了。

（哎哟喂！）

马库斯·梅尔德鲁迫不及待地告诉我，我的声音在扩音器

里听着**有多傻**。

于是我对他说：“你不用扩音器听起来都**够傻的**。”

然后他说：“没人会选你做搭档的，因为你根本就没去。”

于是我脑子飞速一转，

说：“你倒是去了，

可正因为你去了才不会有人选你呢。”

这时福勒曼先生瞪了我们两个一眼说：

不许说话！

这下马库斯闭上嘴了——暂时的。

福勒曼先生说今天他要给我们读个故事。

（我希望这意味着我们能

轻轻松松

度过这一天了。）

可他接着又说……

“大家**仔细地听**，因为一会儿我们要做一些和这个故事有关的题目。”

（哎呀！）

福勒曼先生举起了一本书问，有没有谁听说过《伊索寓言》？

马克·克朗普手还没举起来就兴奋地说：

福勒曼先生，

我知道，我知道。

这些是我最喜欢的。

福勒曼先生问马克：

你**最喜欢的**是哪一则寓言呢，马克？

马克·克朗普想了一会儿……

（其实是想了好一阵子。）

看到马克如此认真地思索答案，福勒曼先生的表情好像**很赞赏**。

直到他说……

原味的 ，烤过以后涂上黄油和果酱……

好吃极了。

这可不是福勒曼先生期待的答案。

全班开始哄堂大笑，哈！哈！哈！

因为我们这时才意识到马克以为福勒曼先生说的是面包圈。*

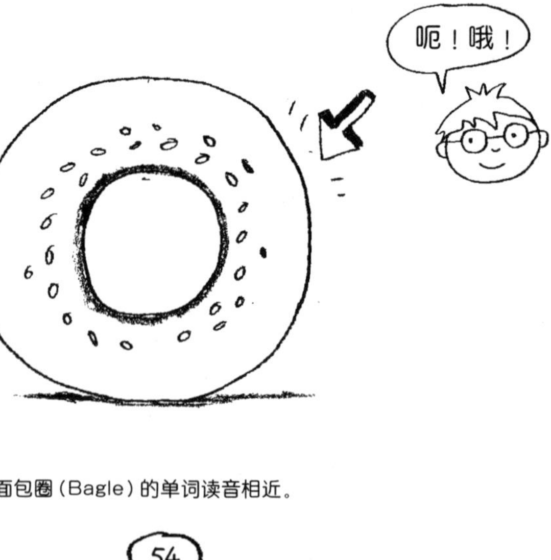

* 英文中寓言（Fable）和面包圈（Bagle）的单词读音相近。

于是，为了让大家都听清楚，福勒曼先生说：

我要读的这个寓言——不是面包圈——是寓言，叫作《狼来了》。

马库斯用胳膊肘推了推我，说他已经知道这个故事了。

最后**狼**把那个男孩吃掉了……

就是这样，**真的**。

谢谢你告诉我故事结局，马库斯，我真感激你。

不过，好消息是马库斯给了我一个涂鸦的灵感。我把几本看上去不会引起注意的书精心摆放在我的书桌上。

福勒曼先生读故事的时候，我就忙着画了起来。

艾米一边看着我画，一边发笑。我总是时不时就要停下来，仔细听福勒曼先生念几句。

我正仔细听讲。

马库斯一直没理我，直到我画到最后的时候，我画了一个他……

……这个被他看到了。什么？！

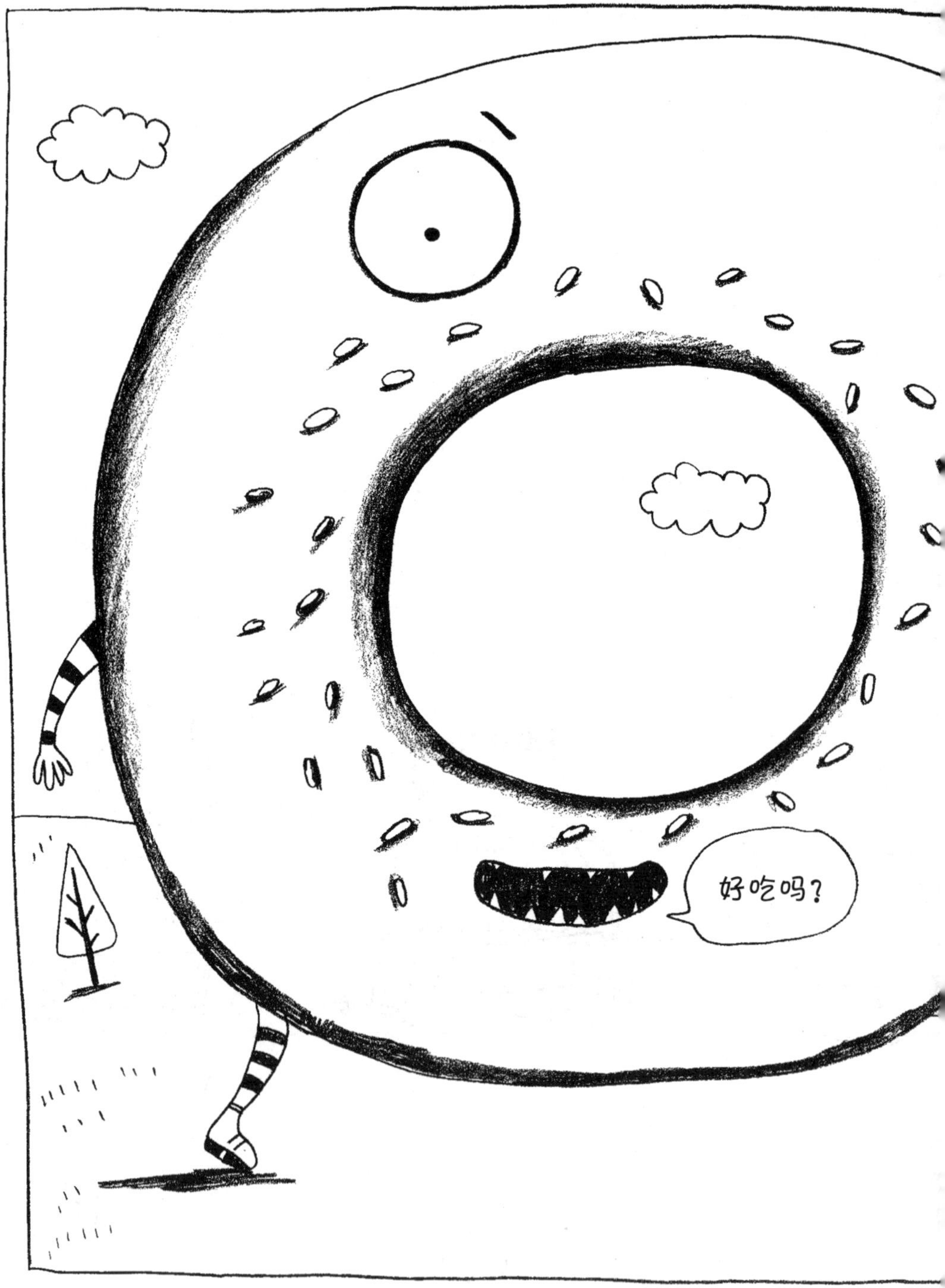
好吃吗？

救命啊！
大面包圈怪兽
要来吃掉我了。
马库斯
那又怎么样？
谁在乎啊！
完

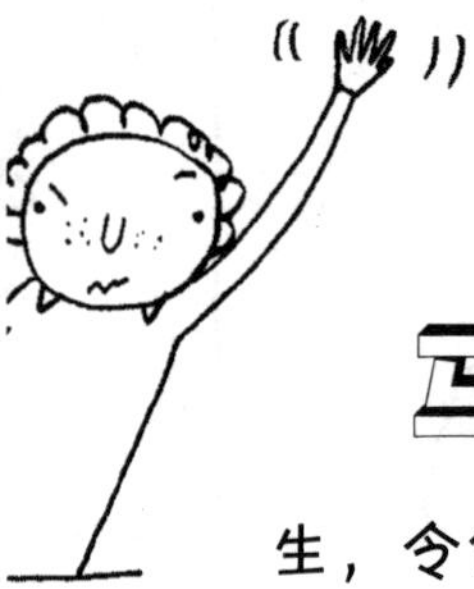

马库斯扭头就举起手来，打断了福勒曼先生，令他有些不高兴。

他对福勒曼先生说：

“老师！汤姆·盖茨在画画，老师！”

我运气还不错，福勒曼先生并没有说我什么。只是我不得不放下笔，

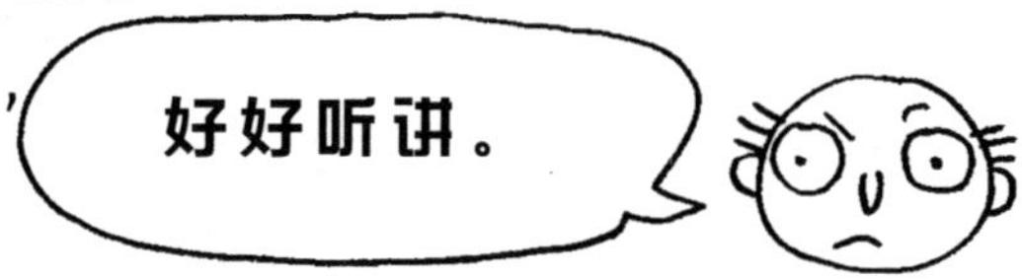

我还真好好听了（一小会儿）。

可是马库斯还在盯着我，

真是讨厌透了。

于是我便开始画这条线

嘿

马库斯

没错，就是你。跟着这条线看过来

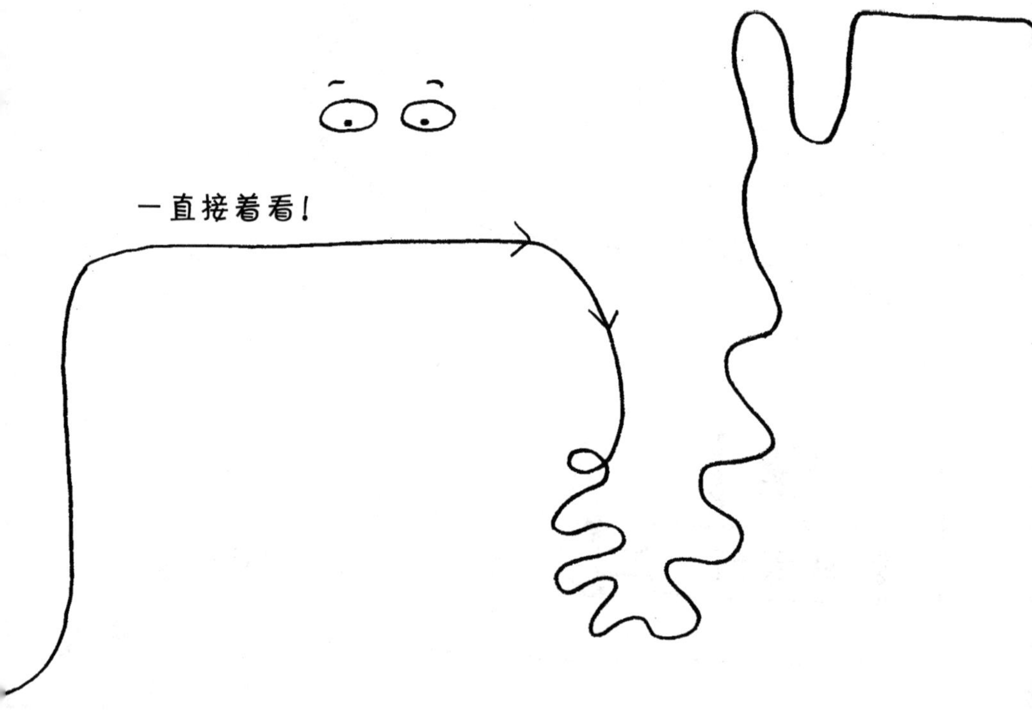
一直接着看！

接着看

如果你

还在

跟着

这条线看，你就是

大傻蛋！

哈！

哈！

哈！

哈！

哈！

这下子马库斯那张脸气得都要变形了。

（我应该也拿这个把戏来耍耍黛莉娅！）

课间休息

（总算下课了）

我最好的朋友德瑞克来找我，说今天晚上他不能来参加乐队排练了，真遗憾。

“我得跟妈妈去茱莉亚姨妈家。”德瑞克一副受够了的样子，“我希望她不要再**捏**我的脸了，太尴尬了。”

为了让德瑞克心情好点儿，我就跟他讲了我那爱丽丝婶婶、凯文叔叔和双胞胎堂哥上周末来我家吃烧烤时的情景。

德瑞克说："我**喜欢**烧烤。"我说："通常情况下，我也喜欢。"

我向德瑞克解释道：

"其实那天本来还好，可是爸爸心情**很不好**，主要就是因为凯文叔叔和他讲的那些烂笑话。

而且他也不喜欢我的纸爆竹，不喜欢它发出的**声响**。然后，当爸爸把所有的香肠都掉在地上时，他就说那都是**我的错**！"

德瑞克说：“我还纳闷‘公鸡’（德瑞克的狗）是从哪儿弄来的那些香肠呢。对了，什么是纸爆竹*？”

我口袋里正好还有一个纸爆竹，已经揉搓得变形了。

于是我把它拿出来，尽量把那些皱褶抚平，让它能发出更大的响声。结果虽然不是很理想，但总算还是发出响声了。

我对德瑞克说：“我只不过是在给我那两个堂哥展示如何让它

发出响声！

就像这样……在我头顶上方用力向下甩……”

* 见第308页关于如何制作纸爆竹的讲解。

德瑞克似乎高兴了一点，

还想亲自动手试试让纸爆竹爆炸。

他试了几次，

最终他找准了角度

……发出了非常响亮的声音。

这个响声引起了学校里一些小孩子的注意，他们都围了过来，想要知道，

“这是个纸爆竹。”我告诉他们，“看。”

然后我给他们展示了怎么弄响纸爆竹。

“你们也可以自己制作纸爆竹，很简单的。”

这个叫**乔伊**的小孩想看得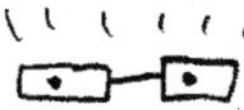更仔细些。

他就是我在学校办公室遇到的梳子插在头发里拿不下来的那个小孩（现在当然已经拿下来了）。

我很友好地让**乔伊**试了一下。我还教给他让纸爆竹发出更响声音的窍门。这是个错误……

他居然把纸爆竹的几面**都弄破了**。

乔伊说了声抱歉，把它递还给我。

幸好这东西制作起来还比较容易，

这个已经算是毁了。

德瑞克说乔伊弄坏东西的时候让他想起了诺曼。忘了告诉你了，自从诺曼从自行车上摔下来，弄伤了胳膊肘之后，他做每件事情都比以前小心谨慎了一点。*

德瑞克提醒我，记得告诉诺曼我们不得不取消今晚的乐队排练了。他建议道：“我们可以改为周末排练，怎么样？”然后他又说了一遍，“你不会忘记告诉诺曼的，是吧，汤姆？”

而我则说：

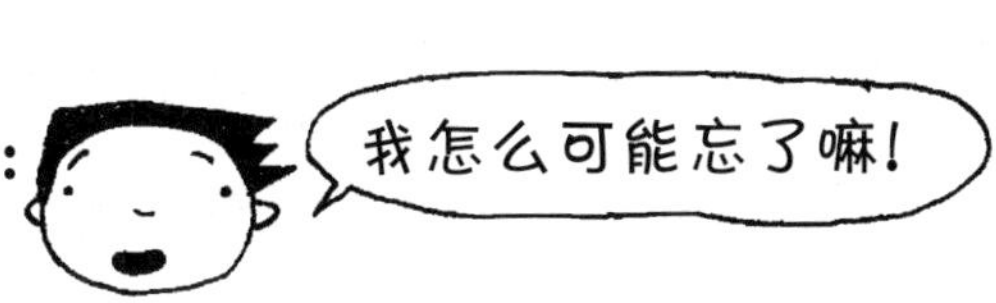

* 故事详情见“了不起的小盖茨”系列之《天才整蛊隐形笔》第 41 页。

体育课

PE这两个大写字母代表体育课（Physical Education），而对诺曼来说，也可以代表“可怜的胳膊肘”（Poorly Elbows）。

虽然诺曼是我来到教室后见到的第一个人，我却完全忘记了告诉他关于取消乐队排练的事。因为胳膊肘受了伤，诺曼不能上体育课了。

我问他，老师是不是允许他放松休息一会儿，

或是做些其他事情？诺曼指了指那些练习卷子，

对我说：“福勒曼先生要我补上这些练习，他说全班都已经做完这些题了。”

我们做过了？

我迅速地看了一眼那些卷子，

可是我怎么都不记得我曾经做过其中任何一张呢？

我得保持沉默，一个字也不能提，免得**福**勒曼先生让我也补做这些练习。

诺曼得去**学校办公室**，和**咕**哝太太待在一起

（就像我上午那样），而5F班其他同学则跟着**福**勒曼先生去上体育课。

我们换了衣服，到外面的操场上去，因为天气又晴朗又暖和。

福勒曼先生对全班宣布说我们将会

我们都欢呼了起来！“太棒了！”

然后他接着说：

一听这个，我们全都蔫了……

"噢——嗷——嗷——嗷——嗷。"

在我听来，"训练"二字可真没什么意思啊！

福勒曼先生让我们做**热身运动**，围着操场跑一圈。

实心儿（他对跑步可没什么兴趣）举起手来说："福勒曼先生，我身上真的已经很热了，我是不是还必须得跑啊？"

我认为实心儿说得**很有**道理。

于是我说：

“老师，我也非常热啊。

啊。。。。。。。”

我满心希望福勒曼先生会改变主意，不让我们跑圈儿了。

没门儿。

福勒曼先生说：

他根本就不搭理我俩。

现在全班都在**呻吟**了，而且一双双眼睛都

气呼呼地瞪着 

我俩。

布拉德·加洛威**除外**，他喜欢跑步。

弗洛伦斯·米切尔不高兴了。

她说：

好像**都是**我的错似的！

跑圈的时候，福勒曼先生那双圆溜溜的绿豆眼全程紧紧地盯着我。

我甚至没法藏到树后面去，也没法假装系鞋带而趁机休息一下，因为每次我这样做，他都会大声叫：

“继续跑，汤姆！我看得见你！”

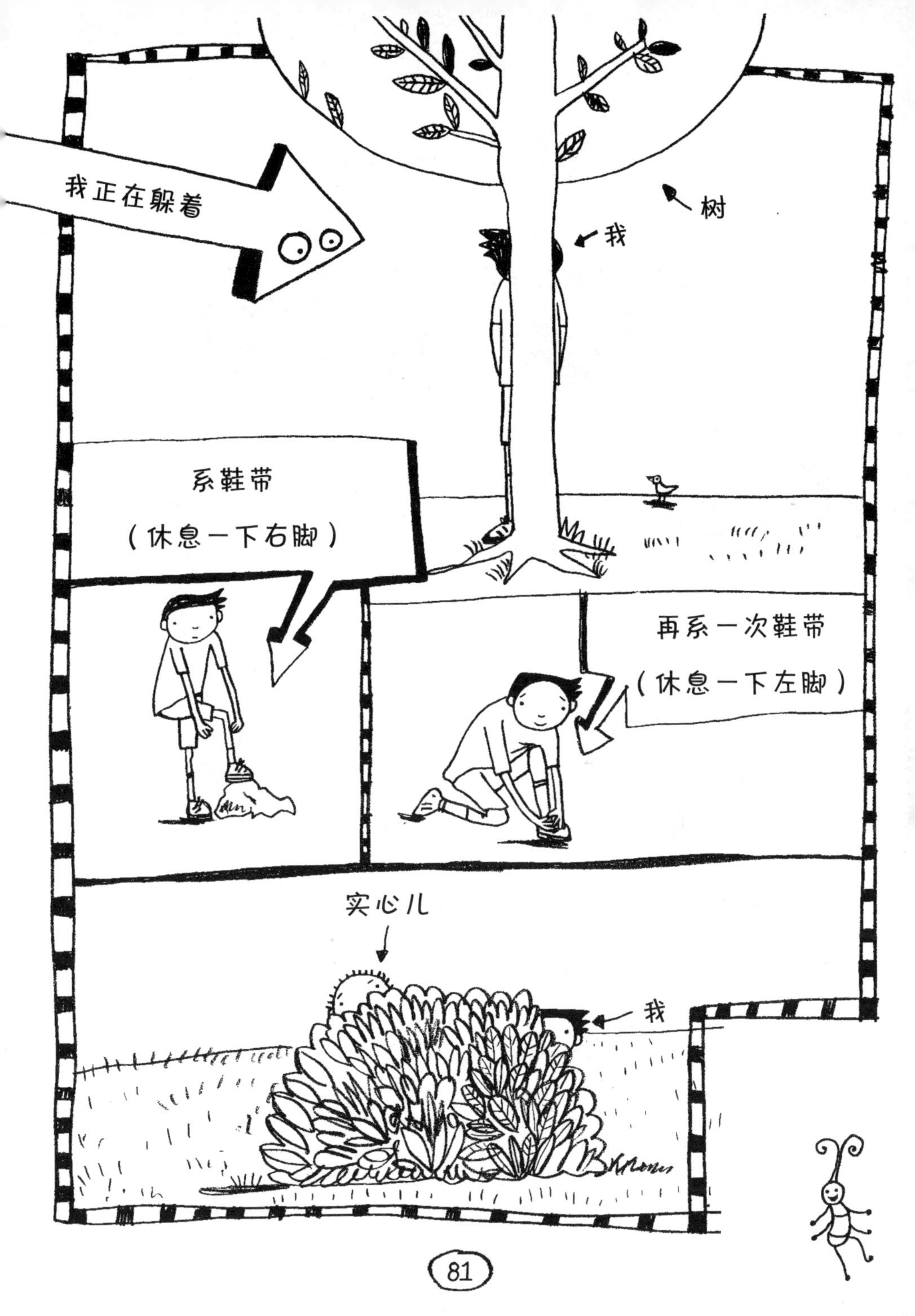
我正在躲着
树
我
系鞋带
（休息一下右脚）
再系一次鞋带
（休息一下左脚）
实心儿
我

我真的很热，现在脸已经

红得像灯笼。

实心儿则几乎说不出话来了，他都喘不过来气了。

他（勉强）说道："我们……这才……刚刚……开始……呢。"

（哎呀！）

马库斯·梅尔德鲁走到我身边来，开始高举着两只手"　"在我脑袋边上晃来晃去。（真是讨厌。）

我说："你在干什么呢，马库斯？"

而他则说：

“我的**手好冷**啊，我只是
在你**脸上暖暖手**而已！”

哈！哈！哈！
哈！哈！

马库斯自以为**很搞笑**呢。

我心想，这将是一节非常漫长的体育课了。

唉，怎么熬哟？

我们班，5F班，在运动日上**从来**

（我再重复一遍）**从来**没赢过

任何一项比赛。

和其他一些班级比起来，

我们班真有点废物。

每一年**运动日**结束的时候，

福勒曼先生都会说：

“做得好，5F班，

你们全都表现得非常好！

记住，参与才是最重要的。”

（即使我们得的是倒数第一。）

而斯普罗基特先生的班，

5S班，通常都是

兴高采烈地庆祝……

又是高声大叫，

又是欢呼喝彩的。

因为他们

又得了运动日的第一名。

（斯普罗基特先生跳起他那欢庆胜利的机器人舞。）

现在，福勒曼先生拼命让我们做“星星跳”

和“兔子跳”（跳得我腿疼死了）。

看这架势，他是希望我们每个人在这次运动日上的表现都能有一点点改观。

有时我都纳闷，

“运动日”到底为什么称为“运动日”呢？

我真不觉得我们所做的每件事都能算得上是一项

真正的运动。

比如……

转呼啦圈

做起来可比看起来要**难**得多。

跳绳

福勒曼先生说拳击运动员们通过跳绳来健身。可是他们恐怕不会遇见像马库斯这样的家伙，就站在他们旁边，不停地**瞎搅和**，让他们没法好好摇跳绳。

抛接沙包

运动日上很多项目都用到沙包：

我们做大量的抛沙包和接沙包运动，

还要在沙包之间跑步。

我最喜欢的是沙包平衡项目。把它们放在胳膊上  或是膝盖上，可好玩了；或同时在膝盖上和脚面上各放一个沙包，同时保持两处的平衡，也很有趣。

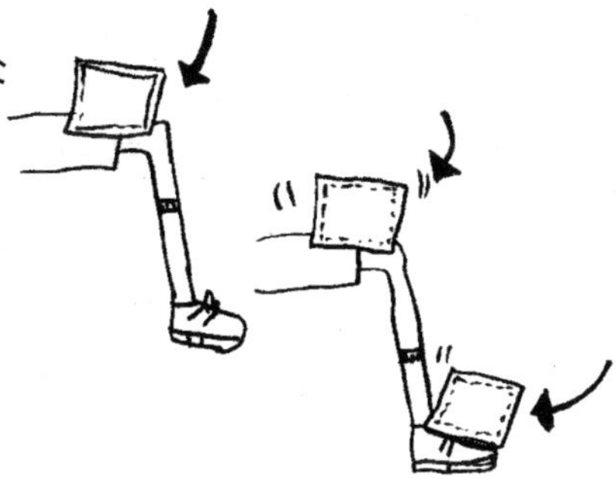

我总是把沙包摞起来放在头顶上。福勒曼先生总是在我摞到这么高时叫我停下来。

跳远是我们今天所做的唯一一个我在电视上看过的“运动”项目。

福勒曼先生要求我们所有人都要试试。他对我们说：

“你们要快速助跑，然后腿向前一蹬，跳到沙坑里面。”

马库斯开始弯着腿蹲下又起来。

我说：“你在干吗，马库斯？”

他说：“我正在为我的伟大一跳做准备呢，因为我跳远跳得可棒了。”这会儿他也做起了深呼吸（看着有点怪）。

实心儿对我说：

“也许他跳远真的跳得很好。”

我说：“我们等着瞧吧。”

我们看着马库斯开始以他最快的速度

跑向沙坑……

然后他往空中一蹦，跳了非常非常……

……小的一步。

福勒曼先生说：

这是一次不错的尝试，马库斯。下次记得把腿伸出来。

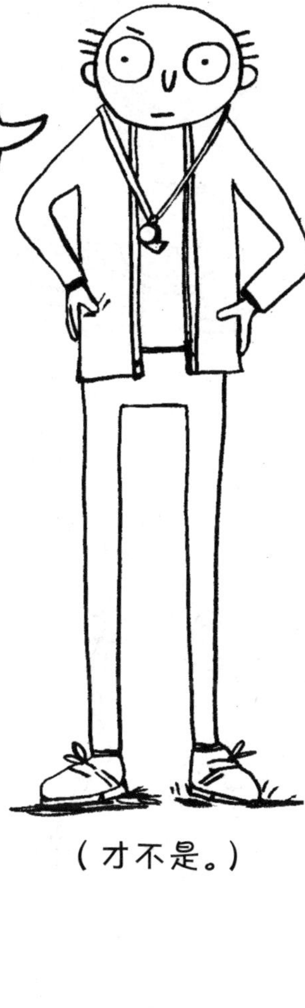

这下马库斯还真以为他完成了多么**精彩**的一跳呢。

（才不是。）

福勒曼先生后来说了句：

“我们该做  整理运动 啦。”

我们的这场训练才总算是到头了。

实心儿说做这整理运动反倒让他**更热**了。

在回校舍的路上，我能听到马库斯对**所有**肯听他说话的人说他  生来就是个跳远天才。

（他是才怪呢。）

布拉德·加洛威正在做一件好玩的事，就是趁某人没察觉，紧紧地跟在他后面走。他正跟在实心儿身后，实心儿做什么动作，他就做什么动作。就这样过了好一阵子，实心儿一直都没发觉，直到我告诉他，他才知道。

 他说：这个玩笑真不错，布拉德。然后他也想跟别人开开这个玩笑了。

问题是，实心儿个子太高了，走起路来动静又大，而且他的影子总是暴露他的行踪。

回到校舍以后，福勒曼先生让我们帮忙把那些“运动器材”放回原处（我想他指的是那些沙包、呼啦圈和跳绳）。

然后他又借机提醒我们，距离运动日只剩下……多么短的时间了。好像我们不知道似的。

他说：

5F 团队，今年我们的表现将会让大家刮目相看。我知道……

吧啦！吧啦！吧啦！吧啦！吧啦！吧啦！

可是这时我很难集中精神听他唠叨了，因为我看到了这个。

请翻到下一页

布拉德跟在福勒曼先生身后学他的动作已经走火入魔了。

我努力忍住不笑出来，可是实在忍不住啊！每个看到布拉德跳舞的人也都开始哈哈大笑了。

福勒曼先生有点不高兴了，说：

"这没什么好笑的，5F班！"

他能感觉到他背后有人在搞小动作。

这时福勒曼先生以**迅雷不及掩耳**的超快速度*一转身*，正好看到布拉德·加洛威……

……乖乖地什么都没做。

（耍小聪明，是吧？）

福勒曼先生说：“我会好好盯着你的，布拉德。”

这对我来说简直是喜从天降，因为我正努力想要在上课时完成我那幅

超大的涂鸦画呢

（我也时不时做了点课堂练习的）。

福勒曼先生要是老盯着我的话，想画画是很困难的（而他就是总喜欢盯着我）。

我真想快点到午餐时间，好跟诺曼 

和德瑞克  凑到一起，把布拉德在福勒曼先生背后跳舞的事全告诉他们。

在食堂里，我站了起来，把布拉德跳舞的样子一点不差地学给他们看，就像这样：

我只顾着生动再现布拉德的舞姿了，举着胳膊在头顶上方晃悠，或是从身体一侧摇晃到另一侧。

我甚至都没注意到德瑞克正冲我使眼色。

我继续跳舞，还说：“相信我……

真的好笑极了！

特别是福勒曼先生没完没了地唠叨关于运动日的事，而布拉德·加

洛威则像这样颤颤巍巍地晃着腿……”

然后我告诉他们，整件事**最搞笑**的地方就是，福勒曼先生对于布拉德在他背后干什么是一无所知。

德瑞克用胳膊肘捅了捅我，说：

“我想他现在已经知道了。”

因为福勒曼先生正在朝我这边看，一边圆睁着**绿豆眼**死死盯着我，一边还很严厉很不满地直摇头。

我有一种恐怖的感觉，
刚才我说的话怕是他全听见了。

一不小心就忘了福勒曼先生有着**超人类的听力。**

我早该想到的。

（我这不是第一次了。）

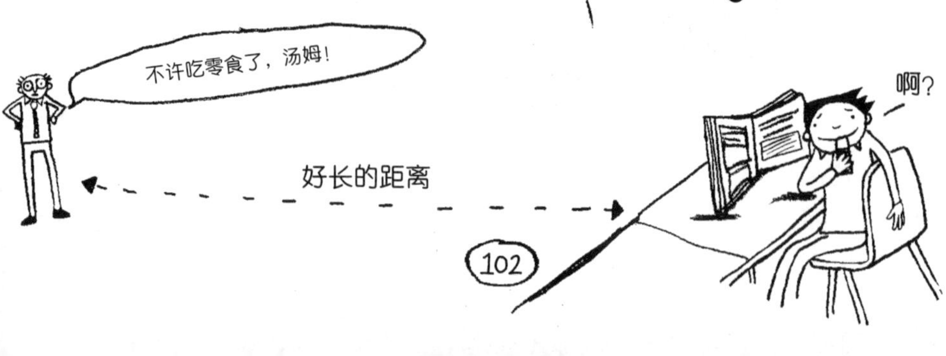

诺曼说：“他还在看你。”

我非常努力地把**注意力**都**集中**在我的午饭上，然后小声对他说：

“什么时候他不看了，告诉我一声。”

然后，我脑子里突然**闪现**出 两个 非常重要的问题。

问题1. 布拉德会因为我而倒霉吗？

问题2. 我的蛋糕上 那些东西真的是**炸薯条**吗？

答案1. 嗯，也许有可能。

答案2. 是的，真的是炸薯条，因为我那爱做古怪食物的奶奶又重出江湖了。

我仔细地挑出那些炸薯条，总算勉强挑干净了，然后才吃掉了蛋糕（这两者通常是不会搭配在一起的，除非是遇到我奶奶）。

诺曼似乎很想吃我那些薯条，我倒是无所谓啦（不过还是觉得有点怪）。

然后，趁诺曼吃薯条的时候，我问他没上体育课以及不得不待在 学校办公室 做功课是什么感觉。他竟然说还好。不过他还真的发现了一件有趣的事。德瑞克和我异口同声地说：

诺曼告诉我们，他无意中听到基恩先生在他办公室里和咕哝太太的一段对话。

他说："他们俩都在谈论乐队的事。"

"真的？"

诺曼继续说："我安静极了，为了能听清楚他们说什么，我都没怎么动。我听到基恩先生说，

'要是能让 兄弟3 来为我们学校演出，那就太棒了。孩子们看到他们会很高兴的。'"

我说：

"你确定吗？"

诺曼嘴里塞满了薯条，说：

德瑞克 不明白 ，**兄弟3** 怎么会想要在我们学校演出呢？

如果 **兄弟3** 真的要在我们学校演出，那简直是……

太棒
太棒
太奇妙了！

了！
了！
万岁！

德瑞克警告我不要

太激动了。

“我是说，诺曼也不是百分之百确定基恩先生说的是**兄弟3**呀，他有可能弄错了呢。”德瑞克又补充道，“别介意啊，诺曼。”

“我才不介意呢。”诺曼说。

不过这倒是真的。诺曼有时确实会把事情搞混。

* 英文中母鸡（Hen）和钢笔（Pen）的单词读音相似。

我们正准备离开食堂的时候，

突然听到一声**大碰撞的**

同哥！

原来是一场**严重**的蔬菜事故，

整整一托盘的豌豆

撒得满地都是。

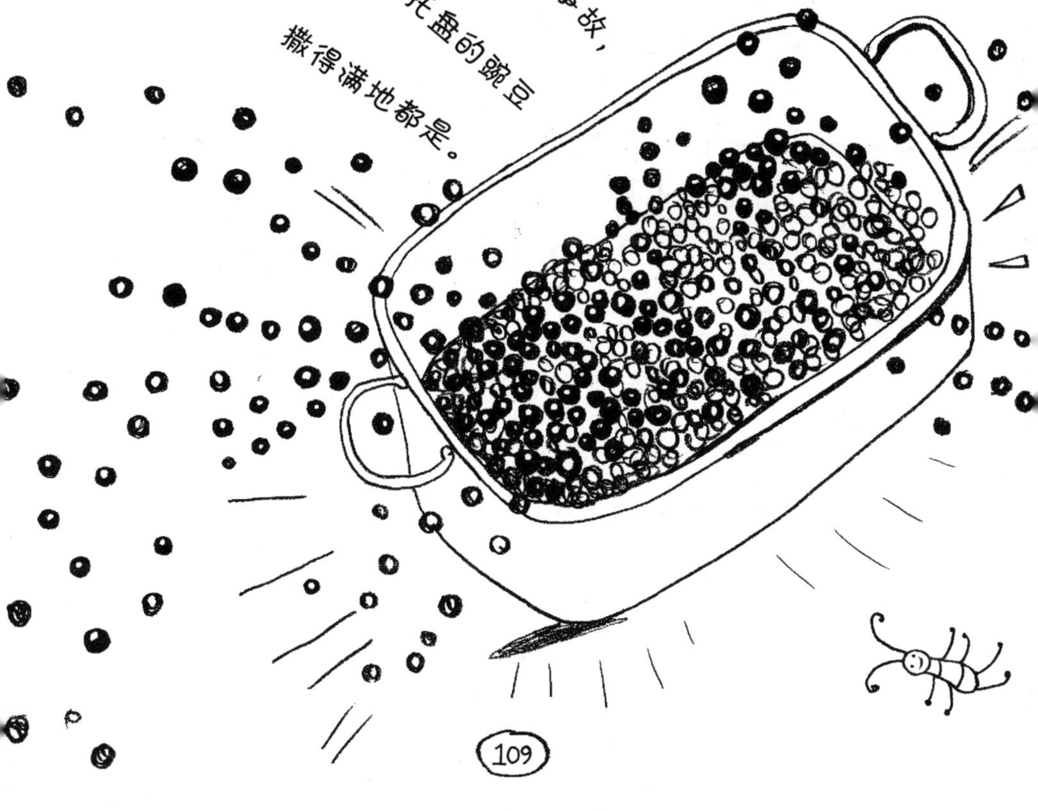

我们想仔细瞧瞧 到底发生了 什么事。

貌似是那个叫乔伊的小孩（弄破我的纸爆竹的那位）惹的祸。

他不小心和那个端着豌豆的人

撞上了。

我已经能听到管理员斯坦的钥匙在远处丁

零当啷响的声音了。

他正向着食堂跑来……

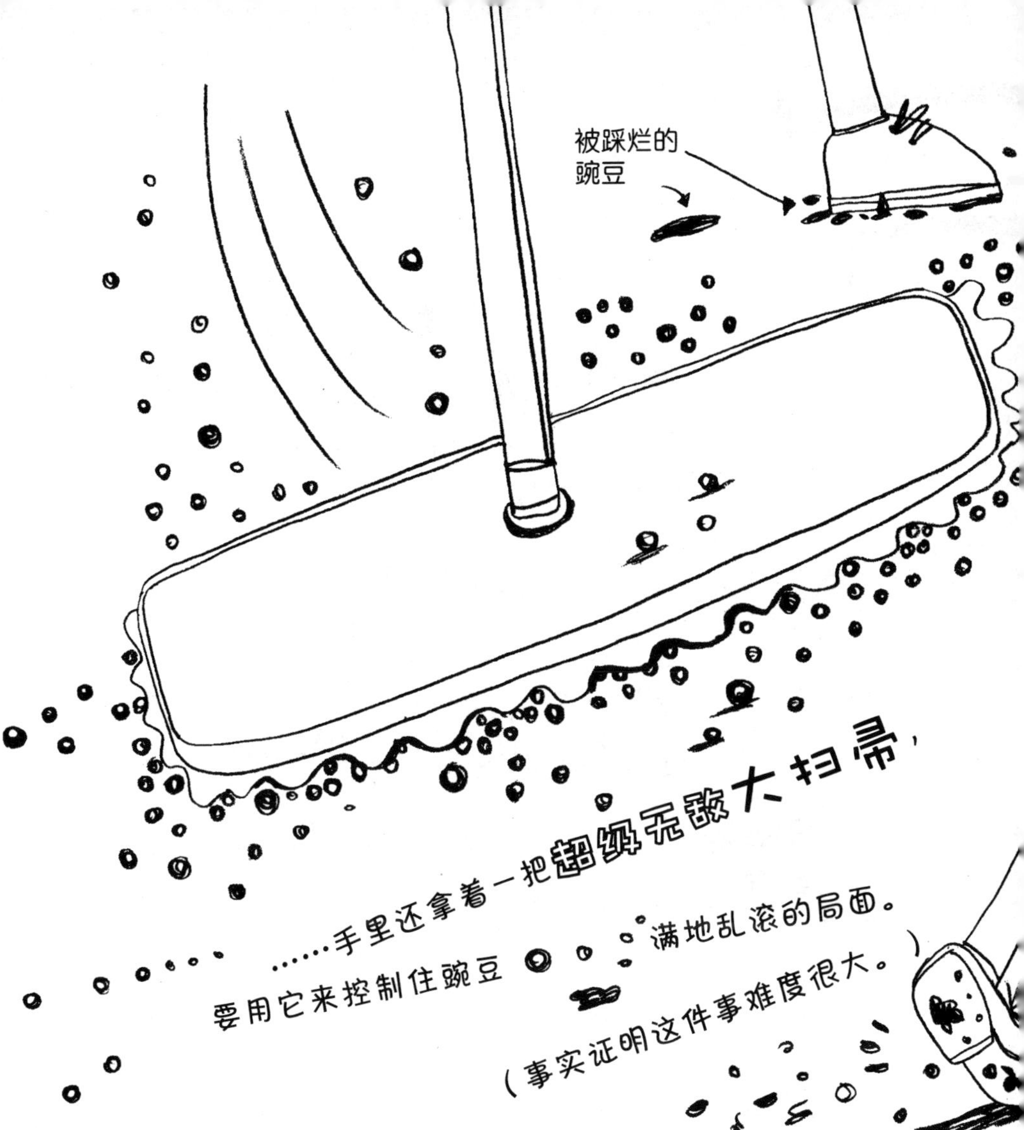

我们走开了，随斯坦怎么折腾。他嗖嗖嗖地四处挥舞着扫帚，而我们身后则是被踩得稀烂的豌豆形成的一条**长长的**痕迹。

福勒曼先生让我们每个人都

站起来——

然后坐下——

然后**又站起来**，并检查我们的鞋底有没有粘着

被踩烂的豌豆。

（他这一招儿还悄无声息地让我们不知不觉就为运动日做了练习呢。）

艾米检查了她的鞋子（很干净）。马库斯的鞋底也没粘上豌豆。可是我的鞋底却**粘满**了豌豆。

马库斯说我的鞋子看上去就像是踩扁了一只青蛙似的。

然后他很夸张地马上把他的椅子挪得离我远远的。

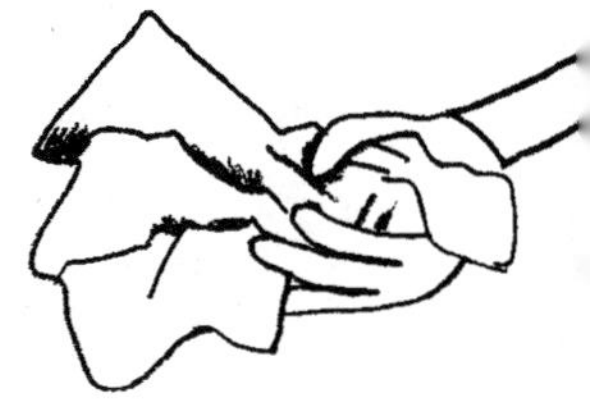

福勒曼先生递给我几张纸巾，让我把豌豆擦得干干净净。

马库斯不停地说**真恶心！**还不停地做难看的鬼脸。

于是我对马库斯说，他的牙齿之间粘着个绿色的东西，看着也不怎么好看。其实他牙齿上**并没有**粘东西，但我这么一说还是让他闭上了一小会儿嘴。

福勒曼先生要马库斯把他的椅子挪回到原来的位置，并且**不许胡闹了。**

我表示同意……

这是我画的马库斯的涂鸦画，灵感就来自那些豌豆。

（马库斯豌豆大的脑子）

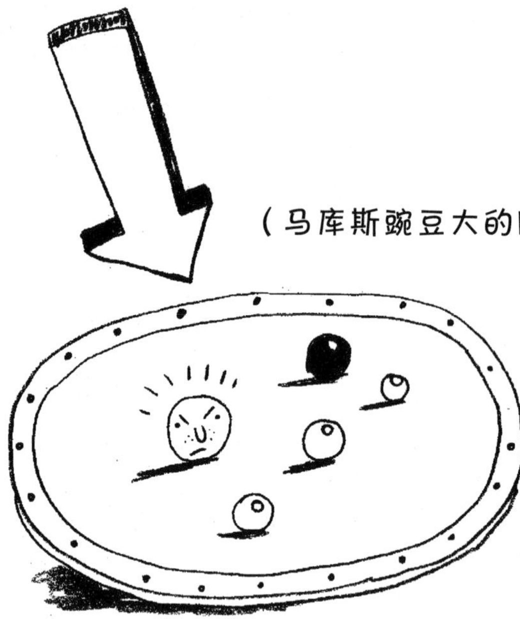

英语课

我们最后总算把那些踩得稀巴烂的豌豆处理干净了。福勒曼先生一边给我们发**两页练习题**，一边让我们额外做一些伸展手臂的运动。

他说每个人都可以选择做其中任何一页。然后他**瞪着**布拉德说：

“布拉德，你大概想做第一页吧？别忘了，我脑袋后面可是长了眼睛的。”

这样的话由福勒曼先生口中说出来听着还挺怪的。

直到我看了第一页的题目，才恍然大悟——布拉德的小动作早被发现了。

创作性写作题目 1

先仔细阅读这个故事的开头，然后请你在另外一张纸上把这个故事写完。请至少写满一页 A4 纸。

福勒曼先生其实很清楚，他的背后有人在做小动作，于是，他觉得唯一的办法就是……

回家。

完

如果让我为这第一个题目的故事写个结尾，我就会这么写……

哈！哈！

这也太短了点，我知道。要是不想（再）惹麻烦的话，我最好还是做第二页的题目吧。

创作性写作题目 2

请你们自己写一篇寓言，它的主题应该与我们在班上读过的《狼来了》这篇寓言相似。你的故事可以是想象的，或是以你自己生活中发生过的事情为基础而创作的。

请至少写满一页 A4 纸。

下面就是我的版本的**寓言**——全是根据上周末的家庭烧烤野餐的事来写的，早些时候我已经对德瑞克讲过了，现在请大家欣赏吧。

说香肠烧焦了的男孩

作者 汤姆·盖茨

这是关于一家人的故事。他们不肯相信自己那**聪明过人**的儿子（也就是我啦）说的话。

这一切的开始还是因为那天**太阳**出来了，于是爸爸想，这样晴朗的日子里搞个烧烤野餐是**再好不过了**。我说：

不是经常是你刚把烧烤炉弄到外面就会下雨吗，爸爸？

他则说：

别傻了，肯定不会下雨的！

（好像**那样的事**以前从没发生过似的。）

于是我就看着爸爸把烧烤炉从

花园的一角推了出来。

烧烤炉上盖着一层特殊的保护性塑料布，爸爸告诉我说这塑料布能使烧烤炉

保持干净，想用就能用！

然而在那层保护性塑料布下面，那烧烤炉上却布满了脏兮兮的**油腻物**，让人看了就反胃。

我对爸爸说，这烧烤炉看上去不像你说的那么干净吧？

爸爸则说，只需要把它稍稍刷  一下就行了，而所有那些黑乎乎的**油腻物**在

烧烤的过程中就会**烧掉**的。

你确定吗？它看着真够恶心的。

可是爸爸根本没听我说话，因为他正看着妈妈呢。妈妈正**惊慌失措**地朝我们*跑过来*。

她对爸爸说：

凯文叔叔、爱丽丝婶婶和他们那对双胞胎要来吃午饭的事，我给忘得**干干净净的**……

爸爸说： 什么时候来？

妈妈回答说：今天…… 

就算是今天来也还**好啦**，可她接着又说道，

五分钟之后他们就来了！

爸爸说：“哦，那可太好了。”（不过语气可不怎么欢快）妈妈想知道烧烤得需要多长时间，于是我便说：“八百年也准备不好，一贯都是这样的。”

可是爸爸说：

然后瞪了我一眼。

他说他心里**非常有数**，让妈妈放心："我可以马上多扔几根香肠到烧烤炉上，就够他们吃的了。"

（我不想破坏你们看故事的兴致，但你们大概也能猜到这里要发生什么事了。）

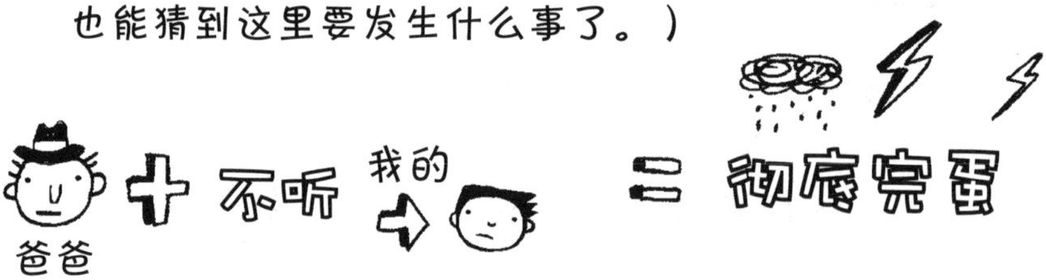

凯文叔叔  他们提前来了，而爸爸那时还只顾着告诉妈妈一切都会好的，因为他是个

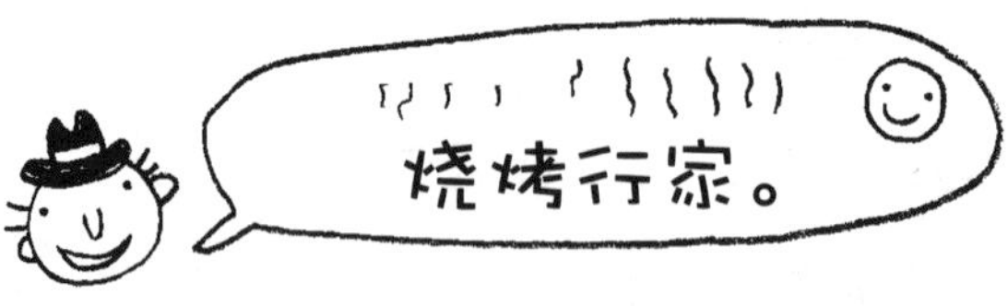

而凯文叔叔则说：

你好！刚才谁说“烧烤行家”来着？

我在这儿呢！

爸爸低声说 ：“好吧，真是烦人。”于是妈妈建议我们应该放手让这两位行家继续“烧”午饭。

爸爸可不觉得妈妈的建议很有趣。

他们的对话里左一个香肠， 右一个香肠的，听得我都饿了。我真的希望这烧烤野餐不要让我等太久。

爱丽丝婶婶和我的两个堂哥正抱着一大袋**零食**站在厨房里。我对他们说，他们应该

现在就吃，

因为要是指望吃烧烤的话，得等上几百年才能开饭呢。爱丽丝婶婶**一脸惊讶**，说：

你们在准备烧烤？我觉得要下雨了呢。

妈妈说天气会很好的。（才不是那样呢。）然后她就让我上楼去告诉黛莉娅大家都已经到了。

我说：

告诉她干什么？她看到我们又不会高兴。

我是实话实说。

妈妈说："让你去你就去，敲她的房门。"可我心里却想出了一个比这**妙得多**的主意。

我教给两个堂哥如何制作**纸爆竹**，以及如何使用它们。

然后我们一起拿着做好的纸爆竹上了楼，站在了黛莉娅的卧室门外。我认为，用纸爆竹来告诉黛莉娅所有人都来了是个**天才的主意**！

二 我们把纸爆竹在自己头顶上方甩响，

再甩响……

黛莉娅怒气冲冲地从她房间里蹿出来，对我们说：

你们这些讨厌的小屁孩，别闹了。

于是我对黛莉娅说，两个堂哥可不是“小屁孩”了，而她则很粗鲁。

黛莉娅还没来得及发更大的火时，妈妈朝楼上喊了一声，告诉我们：

烧烤已经差不多准备好了！

我往外面看了一眼，可是我只能看到花园里

到处是浓烟滚滚。

烟似乎越来越大，越来越浓了。妈妈只能在房子里跑上跑下，忙着关上所有的窗子，以免浓烟进来。我根本看不到爸爸，只能听到他从那烟雾弥漫的花园里喊着，叫我们随便谁……

事实证明，凯文叔叔根本没什么用。他逃到了房子里面，因为他说浓烟已经熏着他的眼睛了，而且他咳嗽个不停。

妈妈递给我一个盘子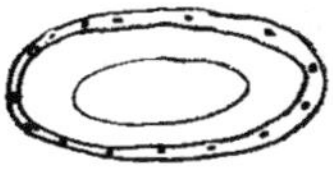，让我去拿给爸爸，我照做了。

最终，当烟雾终于散去，我可以看到那些香肠了。它们看着全都有一点……

烤过了？

爸爸说烧烤的肉食要完全烤熟，这一点非常重要，让我不用担心。

它们没问题的。

我看着爸爸把那些香肠翻过来继续烤了一会儿。我以前从没见过那种颜色的香肠。我问爸爸烧烤野餐做好了没有，

而他则说：

差不多啦。

然后我说：

“爸爸，这些香肠看着有点……烧焦了呀？”

而爸爸则说：“这不是烧焦了，只不过是烤得非常熟了而已。”

可是，当他试图把那些香肠从烧烤炉上取下来，放到盘子里时，发现它们全都牢牢地粘在了那残留在烧烤架上的难看的黑色油腻物上了。

我提醒爸爸说，他之前说过，那些黑色油腻物在烧烤的过程中就会烧掉的。

而爸爸则对我说，我应该进屋去，找些更有意义的事情做。

（他吹牛。）

我走开了，爸爸则一个人在那儿用铲子把香肠从烧烤架上刮下来，同时尽量在装盘时不把盘子搞得过于狼狈。

妈妈正在使劲儿挥舞着很多抹布，试图把厨房里的烟赶出去。她问我外面情况怎么样了。

我说：

这可不是妈妈希望听到的回答。

两个堂哥听从了我的建议，已经把所有的零食都吃光了。

现在他们又开始玩起纸爆竹了。

我和他们一起玩了起来，然后我发现，

如果我把甩响纸爆竹的时间**计算得**正好……

妈妈说的话我就一个字也听不到啦。

“你说什么，妈妈？”

我知道那顿烧焦了的烧烤野餐马上就要开始了，这会儿玩玩纸爆竹至少能让我暂时不去想它。

最后，爸爸总算是从还没散尽的滚滚浓烟中走了出来，手里端着满满一大盘子

烧焦了的烧烤食物，脸上还一副对自己挺满意的样子。唉，他本来是端着盘子的……直到我在自己头顶甩了一下纸爆竹，

发出了一声异常响亮的……

爸爸吓坏了，

脚下一绊……

盘子就从手里飞了出去……

然后，盘子就连同所有那些食物……一起掉到了地上……

而地上

长满了草……

还到处爬着好多蚂蚁。

极其近的特写镜头

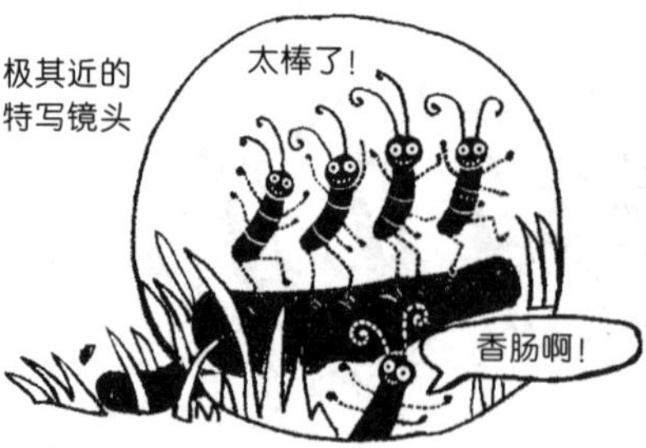

这些蚂蚁都是被那又黑又黏的油腻物吸引来的。

而正当爸爸心想这倒霉的烧烤野餐已经糟糕透顶的时候，天上又下起**雨**来了。

是瓢泼大雨。

正巧，凯文叔叔的眼睛这会儿舒服些了，正好看到掉落在地上的那些烤焦了的香肠。

爸爸说都怪我的纸爆竹让他把食物掉到地上了，而我那两个堂哥则不停地问我，今天午饭吃什么？

凯文叔叔说：

这真是一场烧烤大灾难哪！

话说得没错，不过没什么意义（而且这话真的把爸爸惹恼了）。

我本想提个建议的，可是大家的注意力都被“公鸡”吸引了。

“公鸡”突然从篱笆墙那边**跳**了过来，一下子叼走了一根香肠。

爸爸提议说，反正烧烤炉还是热的，要不他再拿些香肠放上去烤？可是妈妈和其他所有人全都对此反应冷淡。

特别是我的两个堂哥指出，现在地上爬满了蚂蚁，这下子大家就更没胃口吃了。

这时黛莉娅驾到了，说：

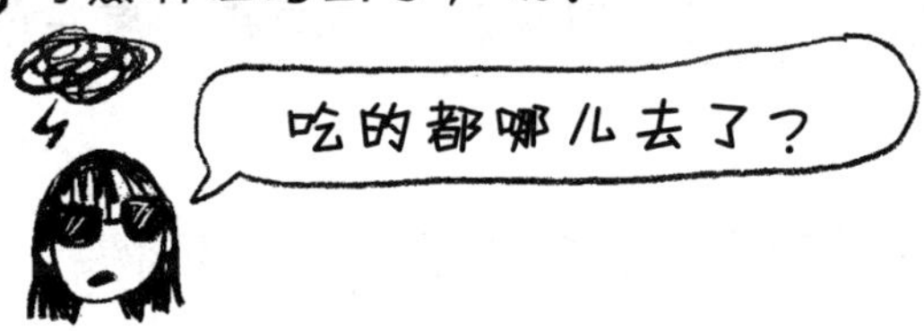

妈妈指了指地上，然后又指了指“公鸡”。它这会儿已经吃上第二根香肠了。

而就在这时，我出手了，总算是

挽救了局面……

我建议说：

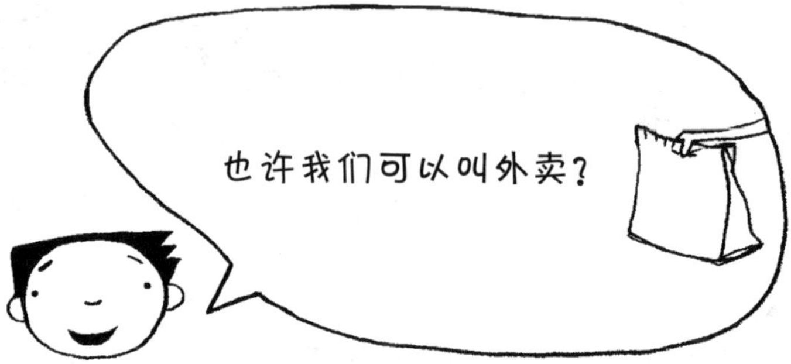

这是一整天以来第一次有人真正听从了我的建议。

（晚是晚了点，但也总比没有强啊。）

完

好啦，现在我全写完了。

我正准备再画一些怪兽涂鸦画，

这时福勒曼先生

发现了我的意图。

他对全班宣布说，如果我们写完了作文，

就应该：

“立即把作业本交给我，我好给你们打成绩。”

我把我的作业本交给了他

——心里期待着得到最好的成绩。

写得很好，汤姆。
非常不错的作文。

5分

这样保持下去，
下个月的学校简报还会表扬
你的！

福勒曼先生

我都忘了我那**非常非常棒的素描本封面***在**学校简报**中受到表扬的事了——哦，还有那张咕哝太太拍的**照片**也登报了呢。

* 故事详情见“了不起的小盖茨”系列之《老爸的恐龙汽车》。

我一定得**多拿**几份简报，贴得房子里到处都是，这样**爸**爸**妈**妈才不会忘了我的优秀表现，

于是就会对我说一些表扬的话，

比如，

同时还骄傲地向**老化石**（我的爷爷和奶奶）夫妇展示**简报**。老化石夫妇没准儿还会因为我是个这么**用功**的乖孙子而多给我一些零花钱呢。

然后妈妈就会把这张简报贴在冰箱上。（就算她不贴，我也会去贴的。）这么一来肯定把黛莉娅气得够呛。

我简直都等不及啦！

福勒曼  先生却说，由于几个原因，这个月的**简报**不能拿回家。

（几个原因）

幸运的是，除了在**简报**上受到特殊表扬这件事之外，我还有其他一些事情可以琢磨琢磨。比如：

- 谁会被那些小孩子选中当搭档呢？
- 更多惹恼黛莉娅的天才主意。

- 新的**狗僵尸**乐队的视频。

我、德瑞克和诺曼想要制作我们自己的

狗僵尸（我们的乐队）音乐视频。

我们一直在观看**兄弟3**的音乐视频，

于是我们想，要是能制作我们自己的视频，那将会非常**令人惊叹**，也会非常好玩的。这件事我们已经讨论好长时间了。

德瑞克的爸爸说他可以帮助我们。

这也没问题，只要他别总是

（像平时那样）突然冒出来就行。

他已经在建议我们多看一些

“经典音乐视频”了。

正当我专心思考视频创意的时候，

福勒曼先生说了一句话，

让我**突然一惊**……

“还有你，汤姆，把胳膊举起来！”

他总是在我们最意想不到的时候让我们为**运动日**做额外的锻炼。就好比现在。

这么一来，我很难完成我那大幅涂鸦了。

而马库斯则在我画画时不停地向**福**勒曼先生告状。（到现在为止他已经告了我好几次状了。）不过，对我来说幸运的是，马库斯也把**福**勒曼先生惹得很烦了。他叫马库斯专心做自己的功课。

这一点我完全同意。

为了能完成这幅涂鸦，我得把我知道的那些小窍门全部用上才行。

窍门1。把好几本书在自己面前摆放成半圆形，用来做掩护。这招儿永远好用。

窍门2。画画的同时眼睛还要直视前方。（这一招儿需要下功夫勤学苦练。）

窍门3。把身子深深地俯下来，把画盖住，

这样福勒曼先生就看不到我在做什么了。

就像这样，貌似还挺有效的。就连马库斯都看不到了。

嗒嗒！ 任务完成。一幅涂鸦大功告成啦。

（因为明天要上数学课，我恐怕不得不再画一幅涂鸦了，不然我怕我坚持不下去。）

搭档？

今天我就能知道谁被那些小孩子选为搭档了……

哦，当然，今天还有数学课。

（我已经想好在上课时要画什么了，所以也不怕上课无聊了。）

就算我没被选上也没什么大不了的。

我对艾米说，她肯定会被选中的。而她则说："我可没这么大把握。"于是我说："你怎么能这么说呢？"然后她说："谁会选我呢？"

我对艾米说："换了是你，你不会想选个白痴的，是吧？"

"谢谢你了，汤姆。"

本来我是赞美她的意思，可是听艾米说"谢谢你了，汤姆"的语气，也许我那句话听起来不像是赞美的话。

福勒曼先生正忙着给我们发一份基恩先生写的说明信，讲的是关于谁被那些小孩子选为了搭档以及他们要做些什么。

成为一个搭档

做低年级孩子的搭档是一个要承担很多责任的角色。所有做搭档的同学都应该：乐于助人、友善、善于倾听且善于提供好的建议。你们的老师会帮助你们的。

记住，要尽你最大的能力做个最好的搭档！

基恩先生

他对全班说：“**如果这次你没有被选中，下个学期还有一次机会的。**”

然后他把一份说明信

递给了……**艾米**

，

而我则说：“我早就告诉你了嘛！”

然后又递了一份给……**我**！

貌似我要给 2R 班的一个小孩做搭档。

让我看看这小孩是谁。

乔伊·道森，

这名字听着挺熟悉的。

马库斯这次没有被选上。

他正从我旁边偷窥，看看我要给谁做搭档。

他说：“哈！哈！那个小孩是个麻烦精。”我则说：“嗯，我会做个**很好的**搭档，让他不惹麻烦的。”

然后我想起这个乔伊·道森是谁了。

我坚信他不会一直都是这样的！

万岁，下课时间到了！

我跟德瑞克 和 诺曼碰头了。他俩也都被选做了搭档。

德瑞克说他的搭档看起来还不错，而诺曼的搭档长得则跟他有点像（只是个子小一点）。

我能看到乔伊正站在学校院子的另一边。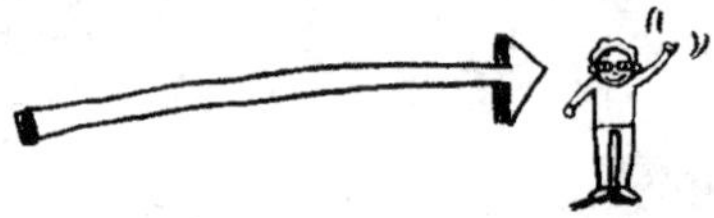

他正朝我挥手呢。我告诉德瑞克和诺曼他就是我的搭档。

“看，他过来了。”

我们都看着乔伊从几个正在踢足球的孩子中间穿过，好像没看到他们在踢球似的。这一点让那几个踢球的孩子很是不满。

为了留下一个好搭档的印象，

于是我说：

“乔伊，谢谢你选我做你的搭档！”

乔伊笑了笑，却什么也没说。我努力回忆那份说明信里都说了些什么，以及作为乔伊的搭档我应该在哪些方面帮助他。

 我接着说道：

“你有没有对什么事情感到烦恼啊，乔伊？”

他摇头表示没有。

 “也许是学校的事情？”

乔伊又摇了摇头。

“有朋友或是老师让你不痛快吗？”

乔伊还是摇头。

（看来当搭档这事应该不难。）

我又问他：

“你有没有什么问题想问我呢？”

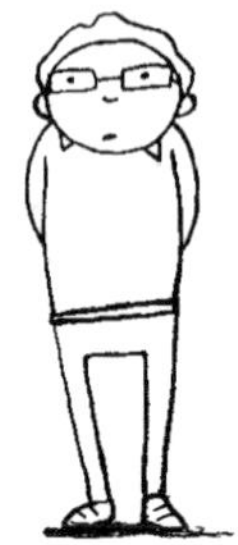

乔伊思考了一会儿，然后说：“有的，我能不能加入你们的乐队啊？求求你了。”这真是让我们几个人都大吃一惊。

什么？

我可没想到会听到这样一个问题。

于是我告诉乔伊，我们现在并没有物色新的乐队成员。

“如果你愿意的话，下次我们乐队排练时你可以来看，你觉得呢？”

乔伊说：“那太好了！”

然后他便开始上蹿下跳，还向空中挥拳，口中说着：“太棒了！太棒了！”没想到他还挺有意思的！

……直到他不小心

福勒曼先生身上。他课间执勤，正好从旁边走过。这下可就没那么有意思了。福勒曼先生不大高兴，因为他手里那杯茶也洒了。

他对乔伊说：**“乔伊，你必须得更加小心才行！”**

然后他又补充道：**“汤姆，你是他的搭档，你应该帮他留神着点儿才是。”**

好像这是我的错似的！（才不是呢。）

德瑞克和诺曼认为让乔伊观看我们的乐队排练是个很糟糕的主意。

“他会打碎东西的。”德瑞克说。

“他比我更容易惹祸。”诺曼补充道。

我们乐队当然可以排练一次之后再来一场演唱会。

我们上一次演出是为梅维斯奶奶和她那个“七十岁以上老年人制作兴趣小组”举行的。（不过我不太确定在严格意义上讲那次算不算是场演唱会。）我向德瑞克和诺曼保证，到时候如果乔伊来了，我会确保他不碰（或是不打碎）任何东西。

（我也不知道怎么才能做到，但我会努力的。）

奶奶的“七十岁以上老年人蛋糕制作兴趣小组”

简报以及其他有意思的事

我们的校长（他生气的时候，我也把他称为“**红脸老爷**”）在全校集会上告诉大家，**简报**已经都寄给家长们了。

“一起寄给你们父母的还有其他一些重要信息，以及你们的期中考试成绩单！”

我祈祷着，要是我的——→成绩单里藏着些不太好的分数或评语，但愿我在**简报**里受到表扬的事能把这些都**抵消了**。

（希望老师千万不要提伪造的迟到理由字条或是其他类似的事情。）

接下来，**纳**普太太对大家讲了关于**全校达人秀面试**的事情。

她说希望看到**“好多好多像你们这样才华横溢的孩子来参加面试！”**

纳普太太解释说：**“今年我们要搞的是一场才艺表演，所以任何人都可以参加。而且和去年的演出有所不同的是，一旦你们被选中，我们将只进行一场彩排。”**

知道这一点很有用。

去年我想方设法躲过了演出——不像实心儿那么倒霉。

实心儿演一棵树，他演得非常不错。

也许狗僵尸可以参加今年的表演，特别是我们现在有了新吉他，

而且还可以一连演唱六首完整的歌曲了。

我现在都能想象出那幅画面了……

秘密消息

（嘘——）

回到教室，福勒曼先生又想到了一个新招儿，好让我们为运动日多做些练习。

我们都得高高地跳起来，并且用手摸到墙上的箭头 才能进教室。

然后他向全班讲了今天我们将要做什么。

首先，你们要把整个字母表写出来。然后，你们要自创代表每个字母的符号，写在每一个字母下面。记得我们看到的那些古埃及象形文字是什么样的吗？

这就是我想让大家做的事了。

我认为这听起来有点无聊。

哎哟哟，我一个哈欠接着一个哈欠……

我已经准备好画一幅新的涂鸦画了……而这时福勒曼先生发给我们一些范例，是一条用密码写成的秘密消息。

我们得破译出那条消息说的是什么。

这可太棒了！

破解下面这条秘密代码，然后为字母表创造出你们自己的密码。

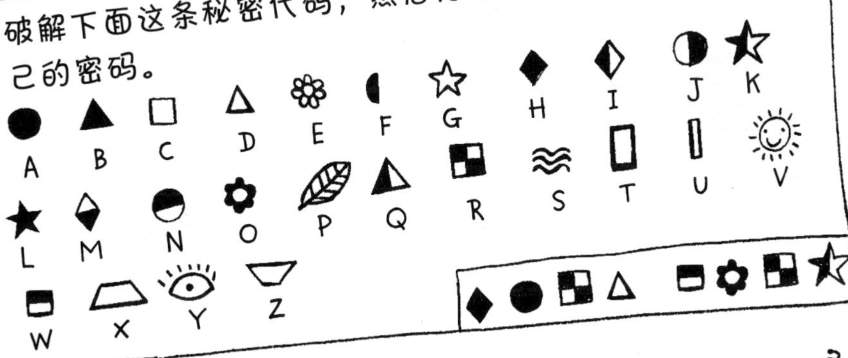

答案：努力学习

接下来，我们得发明一套自己的密码。这是非常有用的，特别是如果我不想让某些人知道我在写什么的话……

马库斯正在斜着眼看◯◯我在做什么，还在我耳朵边上闻来闻去。我让他别看了，也别闻了，他则说：“我正专心钻研我自己的密码呢。”（他真是睁眼说瞎话）。他的钢笔开始漏水了，墨水流到了他的手上，

他还不停地用手抹脸。我试图告诉他，可他听不进去，

还说

反正我是仁至义尽了。

这节课剩下的时间我就用来创作我自己的

外星人怪兽

密码了。我自己对这个作品满意极了！

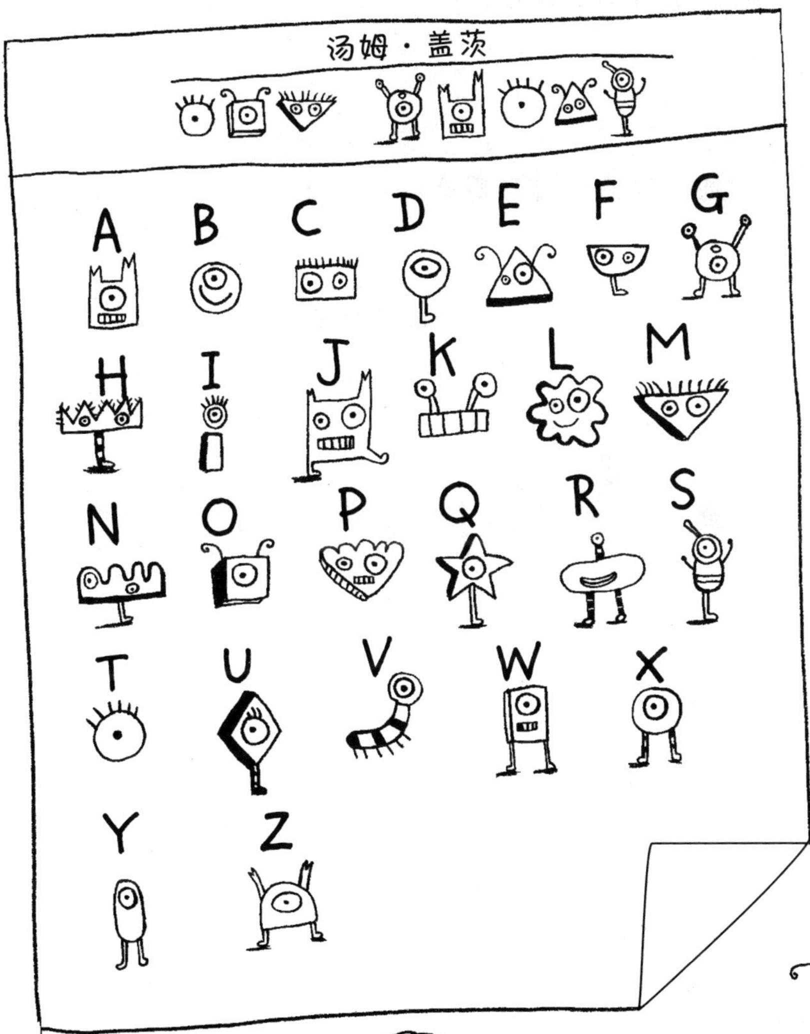

我们的密码创作完成以后，福勒曼先生就让我们给同桌写一封信。我写了这么一封信给马库斯，然后把我的**字母表**也递给了他，好让他搞清楚我信里写的是什么。

他花了好一阵子看我的信。

最终他总算是弄明白了。

哈！哈！

马库斯，你的脸上有墨水，因为你的钢笔漏水了。

乔伊

事实证明，做搭档的职责比我一开始想的要复杂些。每一次课间休息和午饭时间，乔伊都来对我说“你好”。

然而除了这两个字以外就再没别的了。（乔伊不爱说话。）我试着传授给他一些关于

如何在奥克菲尔德学校混

的小窍门，可是很难看得出他到底对此感不感兴趣。

福勒曼先生（又一次）课间执勤，正在朝我这边看呢。于是我便努力想让他看到我是多么棒的一个搭档。

我问乔伊愿不愿意和我以及我的几个朋友一起踢足球：“就随便踢一踢。”

乔伊点头说**好**。

于是我就拿来一个足球，然后让德瑞克和实心儿也来一起踢。我们只不过互相把球踢来踢去，没什么花样。

乔伊足球踢得还挺好的。他的表现不错。福勒曼先生仍然在学校院子里四处溜达着，对每个人都看得紧紧的。（但愿）他注意到了我是多么**棒**的一个搭档。我把足球高高地踢到空中，然后喊道：“乔伊……在你头上！”乔伊则跳起来，试图来个**头球**，把球再传给我……

嗯，我想他本来是这么打算的。

可是球从他头上弹开了，

朝着相反的方向飞去，然后正好落在了……

……福勒曼先生那杯茶里。

茶（又一次）洒得**到处都是**。

福勒曼先生说：

“看在老天爷的分儿上，汤姆，你能不能看看你在朝哪儿踢球啊！”而我本来想喊：“**不是我干的！**”可因为我是个好搭档，只好说：“对不起，先生。”

马库斯一直在看着我们，这时候他过来了。

他说："我真高兴我没有一个那样的搭档。"

我则说："这只是个意外，不是吗，乔伊？"

可是乔伊已经跑回了校舍来躲开福勒曼先生和我（我想是这样）。马库斯说："我告诉过你的，你那个搭档是个麻烦精。"

感谢提醒，马库斯。

放学回家的路上，

德瑞克拿出来两块焦糖威化饼。

“我的搭档给我的，为了感谢我对他的好。”

我便想，就冲我 没有 告乔伊的状，

我就应该得到一大堆的威化饼才对。

（自从足球事件之后，乔伊就躲我躲得远远的。）

德瑞克把他的威化饼分了一块给我。他真是太好了。我想让这块威化饼能够我吃一路，于是就一部分一部分地吃。

我打开前门的时候，刚好要吃完最后的一小点。我走进厨房，

赫然看到冰箱上贴着这个——

奥克菲尔德学校
简　报

第四期

5F 班的汤姆·盖茨真棒

汤姆因为完成了一份非常优秀的作业——在素描本上画的了不起的图画——而受到表扬。

新的学校吉祥物

是的，奥克菲尔德学校有新客人来访了。

祝贺亚当和佐伊

他们作为奥克菲尔德校队成员在游泳比赛中表现优异，赢得了一枚奖牌。

我的头看起来像个巨大的菠萝。（真丢人。）

妈妈说她对我非常满意，但是等爸爸工作完了，有其他几件事情我们得稍微谈一下。

要谈话？听起来不妙。只有当我惹了祸，或是黛莉娅把一些我没做过的事怪到我头上时，妈妈才会这么说。

黛莉娅在楼上，**正躲在**卫生间里。

我要去问问[她到底]说了我什么坏话。

我要等黛莉娅出来……

而当她出来的时候，我注意到她的头发变成了一种非常怪的颜色。看着怎么有点……发绿呢？

真的是**绿色的**！

黛莉娅进了房间，我跟着她想再仔细看看，可是她关上了门，叫我滚开。

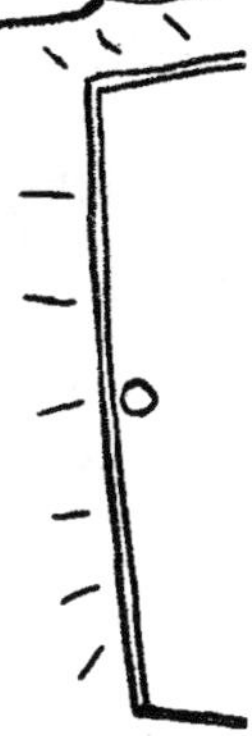

我隔着门问她："你的头发是怎么回事？"她竟叫我

"一边儿待着去，真讨厌。"

于是我说："你知道你的头发是**绿色**的吗？"接着又问道，

"干吗要弄成**绿色**呢？"

黛莉娅说要是我再不走开，她就要告诉妈妈我自己写

的事。

这事她是怎么知道的？

我回到自己的房间。怕爸爸妈妈万一问起我关于迟到理由字条的事，于是便开动脑筋想借口……正在这时，我突发灵感，写出了一首

天才级别的**歌。**

这首歌是这样的……（既然歌词已经写下来了，要是不画些和歌词相配的精彩涂鸦，岂不可惜？）

黛莉娅……她不想被人看见。
她的头发绿得鲜艳，
颜色简直像是树叶。
她想让头发变得漂亮，
谁知变成这副丑模样，
老爸老妈也气得够呛！
黛莉娅……
她这人真是刻薄。
黛莉娅……
她绿得像个恶魔。

我又回到楼下（口中还唱着我那首新歌），妈妈听见了，想知道我唱的是什么。

黛莉娅的绿头发。

黛莉娅的靓头发？

于是我便一字一字地大声说：

不，是绿头发。

这时爸爸从他的工作棚回来了，他先是*祝贺我*受到了登报表扬，接着又说我们还有其他一些事情得谈谈。

于是我很快转换了话题，说：“黛莉娅把头发染成绿色了。”

就在这时，**老化石**夫妇突然来到我们家，向我们说“哈喽”！

这是他俩的一贯作风。奶奶问：

“**谁**的头发染成**绿色**了？”

我便说：“**黛**莉娅。”

爷爷笑着说：“至少她还有头发，不像我！”

然后我接着说： 也不像爸爸。

我说得没错啊，可是爸爸这会儿看起来不大高兴了。

妈妈上楼去看黛莉娅，爸爸则说他去换衣服。

梅维斯奶奶说起她现在又开始织毛线活儿了。

她说："我可以给黛莉娅织一顶**帽子**，不知道她需不需要啊？"

这可真是个**好主意**。

也许我应该帮奶奶想几个帽子的样式。比如这些……

（这个是我个人最喜欢的。）

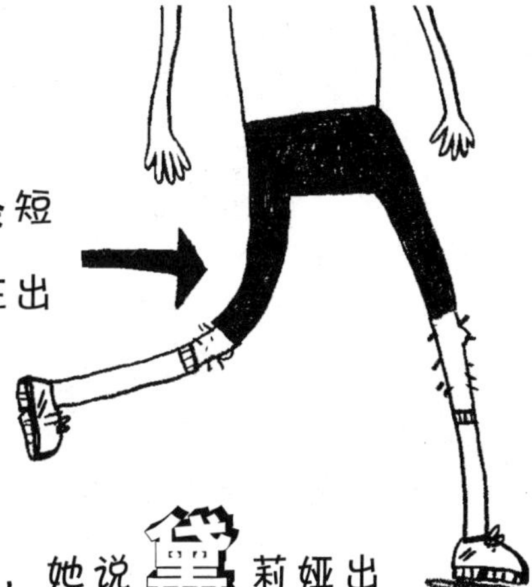

爸爸突然又穿着他**那条**短裤出现了。他对大家说：“我现在出去跑一小会儿。”（好像谁想知道似的）。

这时妈妈从楼上下来了，她说黛莉娅出了点小小的

染发事故。

我说：“是吗？我还没注意到呢。”妈妈说：“她大概是用了什么**低劣的**便宜染发剂

，不像我用的那种

质量那么好。”

我告诉妈妈，梅维斯奶奶刚才主动说要给黛莉娅织一顶帽子。

“为了能遮盖住她的**绿头发**。”

妈妈说：

其实黛莉娅对于她的头发感到很沮丧，她不想见任何人，因为她觉得有点……

我抢着说，

像一棵树？

妈妈瞪了我一眼说：

不，汤姆，她是觉得有点害羞，不好意思见人。

奶奶说了声“可怜的黛莉娅”，然后对我们说他俩得走了，要去商店买些零碎的小玩意儿。

从奶奶的购物清单上看，

大部分都是些“古怪”的东西。

妈妈对**老化石**夫妇说了声再见，他们则祝福妈妈能把家里这些问题都搞定。

黛莉娅的头发染坏了，**妈**妈本来还一直对她很和蔼，很同情的。

可是当她发现黛莉娅用的**居然**是**她的**染发剂，那脸色可就变了。这下她可**真的怒了**！

爸爸跑步回来时已经很晚了。他的脸看起来很红，腿还有点一瘸一拐的。他说：

“我好疼啊，我想我是肌肉拉伤了。”

妈妈问：“这也是你精心策划的健身计划的一部分吗？”

然后她又说：“至少在汤姆的学校运动日那天，你有借口不参加‘家长赛跑’了。”

她怎么知道我们学校运动日的事？我对这事一直是保持沉默的呀，特别是自去年的比赛之后。

我说：“你不是非来不可的，

反正我们班总是倒数第一。”

爸爸说到那时他就好了，而且他很期待着参加这次赛跑，并且打败德瑞克的爸爸。

（我可一点也不期待。）

妈妈想知道我明天是不是要参加学校达人秀的面试。

这事她又是怎么知道的？

“我看了你们学校的简报，还有你的期中考试

。”

哦！哦！我的成绩单已经寄来了。

爸爸说：这倒给我提了个醒。汤姆，我们想和你谈谈关于你的成绩的事。

（这下我开始担心了。）

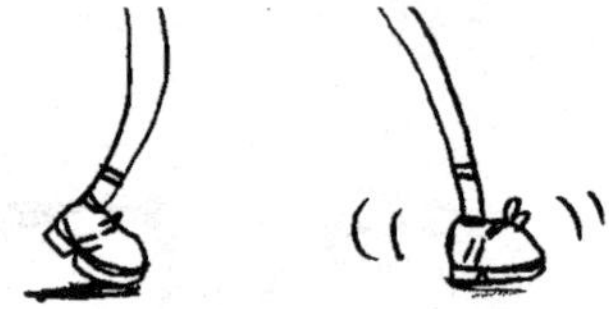

爸爸一瘸一拐地走过去

拿我的成绩单。我实在想不起来我做过什么**坏事**

（除了那张

以及其他几张字条之外）。

妈妈和爸爸都非常严肃地看着我。他们说：

“汤姆，我们感到非常惊讶的是……”

“你的功课学得这么好！真是太了不起了！太棒了！再接再厉啊！”

哇！这对我来说可是头一回。我的成绩单上通常都是这样写的：

> 汤姆太爱聊天／涂鸦了。
>
> 汤姆没有完成作业／数学题。

然而现在，在从白痴到天才的标尺上，我大约处在这个位置。

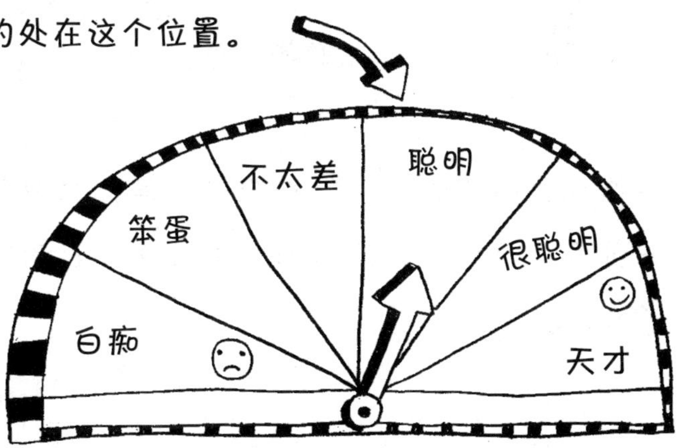

妈妈认为我应该让狗僵尸乐队参加达人秀，让我的吉他充分发挥作用。“你的每一件事情都做得那么棒！”

说得有道理，也许我们可以试试。

我先给诺曼打了个电话，然后给德瑞克也打了个电话，看看他俩是否同意。

他们都同意。

我跟德瑞克打电话时，给他提了个醒，让他想起了去年的家长赛跑，以及当时我们看着自己的爸爸跑步是多么尴尬。

而这时我脑中闪过一个**可怕的**念头。

“**骑行运动短裤**……我爸爸有可能会穿着那条短裤闪亮登场的！”

德瑞克说：

我们煲电话粥的时候，我能听到“公鸡”

在德瑞克家的后花园里一边跑一边像疯了似的**狂吠**。

德瑞克说“公鸡”最近把他所有的袜子都嚼了，他简直都要**疯掉了**。这时我突然想到了一个绝妙好招，能避免那条让我颜面扫地的骑行短裤在**运动日**出现。

天才好主意。

运动日！

如今爸爸的那条骑行短裤已经奇迹般地消失了，他和妈妈一起来参与运动日的活动我也就没意见了。

我最好记得把我自己所有的运动衣物和装备都带齐（这是有重要原因的）。

在去学校的路上，德瑞克告诉我，他爸爸一直都在

为家长赛跑而锻炼。

是吗？哇，那可真是太让人尴尬了！

我们去运动场之前，福勒曼先生对全班做了一场（用他的话说是）

他的眼睛看起来比平时更大更圆了，因为他现在充满了狂热的激情。

我对艾米说：

“其实他真正的意思是说……

这次给点力，别又得倒数第一了。”

我说得没错。

运动场根据我们将要进行的不同“运动项目”被分成了几个部分。每项“运动”或比赛都由沃辛顿太太**摇响**一个**大铃铛**表示开始。每个班都可以根据下面几点来得分：

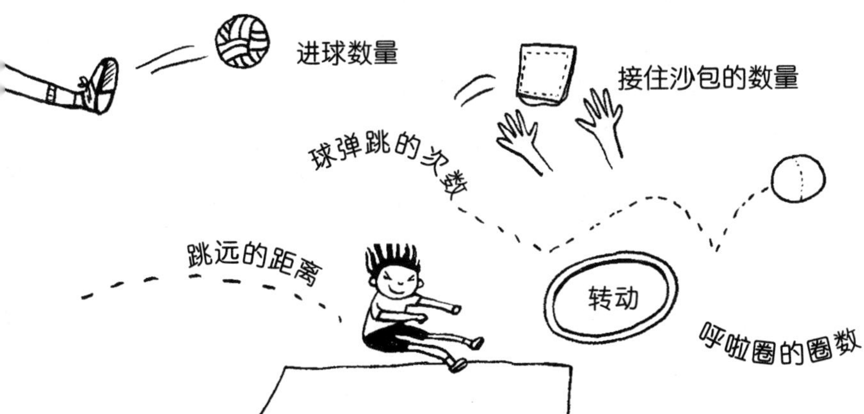

当所有班级都完成了每一项“运动”，总分就被统计出来，然后宣布是谁——当然了，还得等到父母赛跑结束之后才行。

斯普罗基特先生班上的学生都穿着印有**口号**的背心，所以他们看起来真像是个很专业的团队。

而我们看起来就像是……5F 班。

沃辛顿太太摇响了铃铛，第一场比赛开始了。

实心儿的呼啦圈转得相当精彩，给我们班开了一个好头。马克·克朗普和安珀·塔利表现得也不赖。这不是我最喜欢的“运动”，但是不管怎么说，我也还是为我们班争得了几分。

场上到处都是我们没接住的沙包，

那些沙包真是四处乱飞！

幸亏勒罗伊·刘易斯和萝丝·怀特表现得非常棒，

为我们5F班得了分。

马库斯在篮球挑战赛上不停地失误，

他就抱怨说他自己浑身都“痒”。

他还怪我推了他一。这个我倒是承认（不过我不是故意的）。

福勒曼先生好像是笑眯眯的，

比 去年那副模样 

可强多了。

艾米和伊翠妮对茱莉亚说她表现得棒极了，让她不要为跳远比赛而紧张。跳远是我们的最后一项运动了。

斯普罗基特先生正带领他们班的学生大声喊着口号，那噪声对我们可没什么帮助。

他们喊着：

给我一个W

给我一个I

给我一个N

再给我一个N

给我一个E

给我一个R

给我一个S

这些字母拼起来是什么意思？

接下来是短暂的冷场，因为他们班没有一个人能回答出刚才他们拼出的是什么意思。

最后还是福勒曼先生开口了……

他对斯普罗基特先生的班说道：**“拼出来是‘胜利者’（winners），不过你们看来是没戏了。”**

福勒曼先生平时让我们做的**额外训练**开始显现出成效了，因为我们在沙包接力赛中表现得相当优异。

基恩先生一边走来走去，一边鼓舞士气，比如：

“潘西实现了一个完美的传递！”以及**“罗伯特跑得真快啊！”**

有很多学生的亲戚、朋友和父母坐在运动场一侧的一排栅栏后面，

他们也在**欢呼喝彩**。

我没见到我们家的任何人……

至少目前还没看到。

沃辛顿太太摇响了铃铛，要大家都停下，

来享用一点

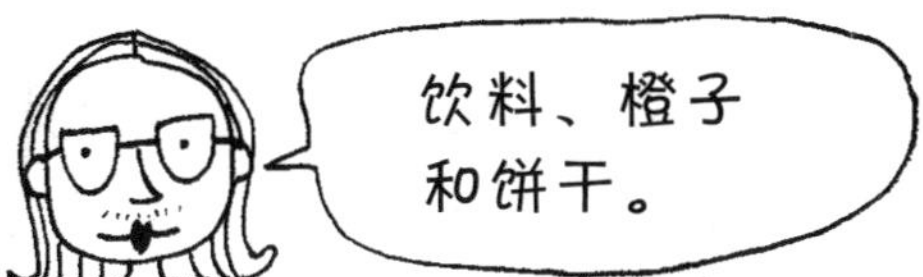

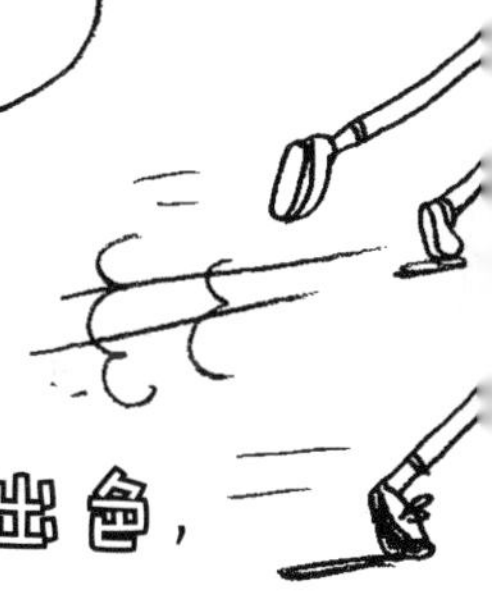

这当然很受欢迎了。在休息的时候，

福勒曼先生对大家说我们每个人都**表现出色**，还说我们今年绝对**不会**再得倒数第一了。

（我想，他比我们还更高兴呢。）

诺曼也不知是怎么做到的，总之，他是吃了太多太多的饼干。当饼干里的糖分开始起作用*，他便躺在地上滚来滚去，还把两条腿举在空中，嘴里还说着……

“没错，你是的，诺曼。”

（哦，天哪！）

* 故事详情见“了不起的小盖茨”系列之《一千个迟到的理由》，诺曼吃多了糖就会有多动症。

我们班要参加的最后一项运动是跳远。我在人群中依然看不到我家里任何一个人的影子。直到艾米对我说：

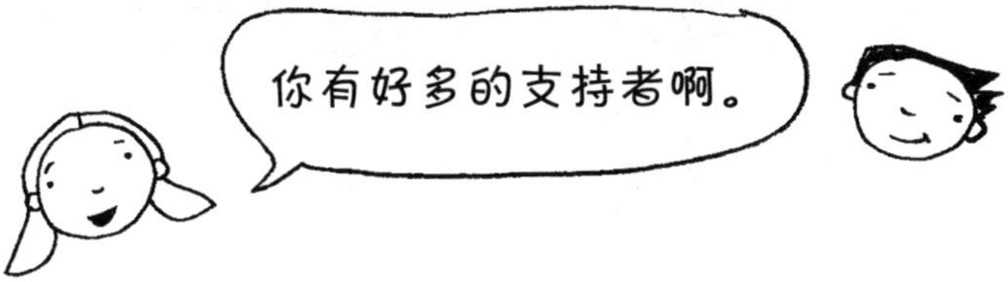

我朝艾米看的方向瞥了一眼。

现在我能看到他们……

也能听到他们的声音了。

（脸丢光了。）

我总算是想法子让老化石夫妇不挥舞那写着“汤姆，我们爱你”的小旗子了。

幸运的是，我并不是唯一一个有令人尴尬的家人来到现场的学生。茱莉亚·莫顿的父母身上穿的T恤衫……

上面印着她的脸

这可并没有让她变得不那么紧张。

沃辛顿太太摇响了铃铛，说：

“下面进行最后一项比赛。祝大家好运！”

我们班要比的是**跳远**。轮到我了……

我以最快的速度**冲过去**，

然后……身子一跃就跳进了沙坑。

我这一跳还不赖。**老化石**夫妇觉得我跳得好极了，又把那写着“**汤姆，我们爱你**”的小旗子拿了出来。

班上大多数同学都跳过了，

只剩下两个人还没跳。

福勒曼先生（他一直在窥视 得分记录）说：

现在我们和斯普罗基特先生的班只相差几分了。

这是个好消息。

最后这两跳跳得越远越好！

茱莉亚·莫顿和马库斯都说“好的”。可我不觉得他们俩真的有信心。

马库斯先跳。

全班都开始鼓起掌给他助威，希望他能跳得更远。当他开始跑的时候，大家都发出……

“哦——！”

的声音，直到他落地。

这时大家的声音变成了……

“哦————？”

因为他这一跳……只比上一次强了一丁点儿。

马库斯说他跳到空中时，被那件令他身上发痒的衣服搞得分心了。（你说怎样就怎样吧，马库斯。）

然后莱莉亚去跳了。

她看上去非常紧张。

全班喊道……

哦————

因为茱莉亚这一跳真是**太令人赞叹**了，我们全都鼓掌欢呼起来。但是比赛的最终结果，得等到父母赛跑之后才能知道。（我把这事都给忘了。）

和去年一样，有些爸爸比另外一些爸爸对这个赛跑的态度认真多了。

我爸爸正试图装出一副参加这场比赛

仅仅是为了好玩

的样子。

可是从他脸上那副下定决心的神情以及他脚上穿的那双高级跑鞋来看，我知道他想赢。

这一次，沃辛顿太太吹哨子给他们发令起跑。

爸爸跑得**呼哧呼哧**，

连喘粗气，

不过总算是跑了个……

第三名！

爸爸跑在了德瑞克的爸爸（芬戈先生）前面，

他对这一点感到非常满意。

我对德瑞克说：

“哟，又熬过了一年！”

德瑞克说：“我真无法相信我爸爸会戴那个发箍。”

（我猜“公鸡”以后会有个新玩具了。）

妈妈说她不能参加“妈妈赛跑”了，因为她穿的鞋不适合跑步（我想，她是一不小心故意穿错鞋的）。

现在老化石夫妇想知道为什么不搞一场祖父母赛跑。（说实话，我真有些庆幸没有设置这么一场比赛。）

基恩先生走过来说，

他们已经统计好了所有的成绩，

准备宣布：

“今年运动会奖杯的获得者是……

5N

班！”

是纳普太太他们班……我们班得了第二名，

名次在斯普罗基特先生的班前面。

可是如果你看到福勒曼先生跳来跳去地

欢呼喝彩的样子，

你会以为我们得了冠军呢。

我从来没见过他这么高兴。

在运动日得了第二名最大的好处就是，福勒曼先生在这一周接下来的时间里 心情 一直都好极了。

他搞了一个特别的运动日 展览，就张贴在……

斯普罗基特先生班教室的外面。

学校达人秀

面试的早上

运动日之后，我浑身都有点疼。（都是因跳沙坑和接沙包造成的。）

去学校的路上，德瑞克和我讨论着面试的事，以及该演唱哪首曲目。

德瑞克说要唱就

一定得唱《水上烟》。

我说：

为什么呢？

德瑞克说：“因为老人家们都喜欢那首歌，而纳普太太和斯普罗基特先生都够老的了，所以他们也会喜欢的。”

说得有道理。

我把我的新吉他带到学校去了。我有点担心它会出什么意外。我们到达学校，见到的第一个人居然是……

乔伊，这下我更担心了。

自从那次足球事件之后他就没怎么出现过。但是，作为一个好搭档，我还是主动过去打招呼说：

然后告诉他我们将要参加学校达人秀的面试。他说：

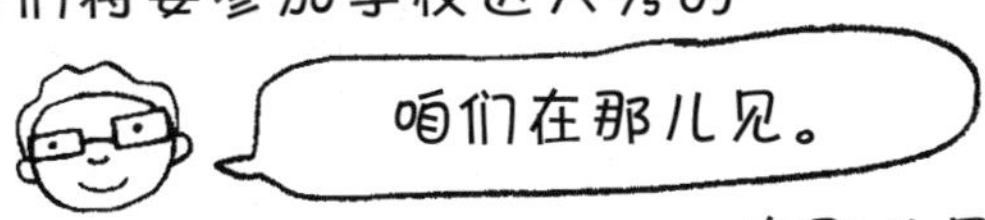

在那儿见？

我马上就想到，我得**格外**留意我的吉他。有乔伊在那儿，我可不想我的吉他出任何事。

到了班里，我问福勒曼先生他能否在面试开始之前，睁圆了他那双绿豆眼，帮我好好看住我的吉他。我的原话当然**不是**这么说的啦。

实际情况是这样。

艾米、伊翠妮和弗洛伦斯要去表演唱歌。我问马库斯他要表演什么，他说：

“变魔术。我勤学苦练好久了，现在可熟练了。”

我便说：“你能现在表演个魔术吗？”

他说不行，

因为他需要那个特制的魔术盒子。

我告诉马库斯，我爷爷教过我变一个特别好看的

魔术，

如果他想学的话，

我可以表演给他看。

马库斯说：

“那你就变吧……让我开开眼。”

我爷爷的魔术戏法

爷爷的戏法是这样的……

1。拿一张纸巾，把它团起来握在手里，

然后说

2。然后站起来，手里握着纸巾团。像这样一边把手上下挥舞，一边数到四。

3。然后在第四次或第五次挥舞的时候，把那团纸巾扔到看的人脑袋**后面**，这样他们就看不到它了。

然后就非常非常慢地把握紧的拳头打开，让他们看到那张纸巾**真的不见了**。

这确实是需要练习一下的。

不过用它来糊弄马库斯

还真是挺成功的。

学校达人秀
面试

乔伊来到我们班教室接我们几个去面试，因为他在帮斯普罗基特先生跑腿儿。

我紧紧地抱住我的吉他，说：“嗨，乔伊。”他点头向我问好。

我们正向礼堂走去的时候，诺曼说：“兄弟3肯定是要来我们这儿演出的，因为全校的人都在说这件事。”

我说："我希望这是**真的**，诺曼。真是这样就**太**好了。"（通常从学校里传出来的流言都是假的。）

德瑞克  已经和马库斯一起在那里等我们了（马库斯在我们后面面试）。

马库斯穿着……一件**斗篷**。

他正在嗖嗖嗖地把斗篷甩来甩去，想方设法吸引大家注意。

斯普罗基特先生叫道：

下一个，请 **狗僵尸** 乐队表演。

可是 我们还没开始表演，斯普罗基特先生就让我们帮忙：

请搬几把椅子过来，并且检查一下架子鼓的高度是否合适。

我们只能遵命。

先把你的吉他靠在那里一小会儿，汤姆。

这我可**做不到**！于是乔伊主动说帮我抱着吉他。我只能强迫自己忍住，

别脱口而出：

这时马库斯说，

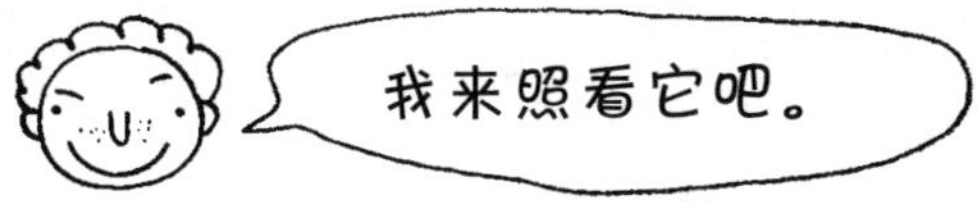

交给他比交给乔伊也强不了多少，但我也没有别的办法了。于是我们跟着斯普罗基特先生去搬椅子、拿乐谱架的时候，马库斯就留在那里抱着我的吉他。就像这样……

我能看到  他在**拨弄**琴弦！我对他说：“别碰我的琴弦。”可他就当没听见一样。现在他又在**摆弄** 我的 吉他的底部了，还一边假装弹奏吉他，一边摆出**摇滚巨星**的造型。

我真是一秒钟也不想

把吉他留在他那里了！

马库斯嚷嚷道："别抢啊。"

吉他回到了我手里

——我们准备好开始表演了。

可是当我开始弹奏《水上烟》的时候，弹出来的音调一点也不像《水上烟》。

那声音听起来难听死了。

我的吉他音不准了，都是因为马库斯把琴弦拨弄得太厉害了。我没办法，只能硬着头皮继续弹。

但这场面试算是完蛋了，看斯普罗基特先生和纳普太太一脸奇怪的表情就知道了。他们看着就像是在受刑似的。

我们唱完以后，斯普罗基特先生说：

很好。就是有几个音调的问题得解决……
但还是不错的，孩子们。

比我想象的好点。德瑞克让我不要担心。

诺曼说：没那么糟糕的。

马库斯说：“怎么回事？你们几个也太倒霉了！听着不像什么狗僵尸，倒像是‘→狗食’了。”

这话听着让人不舒服，可是说得没错。

德瑞克说：“谢谢你了，马库斯。那让我们看看你表演得怎么样吧？”

马库斯甩了甩斗篷，走上前去表演了。

他报名字时说自己是“**魔幻马库斯**”，

听着就像是“**魔幻**马哭死”，

我们全都忍不住哈哈**大笑起来**。哈！哈！哈！

马库斯用纸牌和各种不同的东西变魔术，让人想不到的是，他变得还很不错，这真有点气人。

这时乔伊带着**艾米**、弗洛伦斯和伊翠妮来面试了。

“你们演得怎么样？”艾米问我。

我正要说

“不错……或者说还好吧，但是应该还能更好些的”，可这时乔伊偏偏要**插嘴**，他告诉**艾米**：

劳您大驾了，乔伊！他平时总是很安静的。他这样子算哪门子搭档啊！吉他跑调又不是我的错。

我对德瑞克和诺曼说：

“马库斯很可能会到处逢人就说狗僵尸演得有多糟。”

德瑞克居然说：

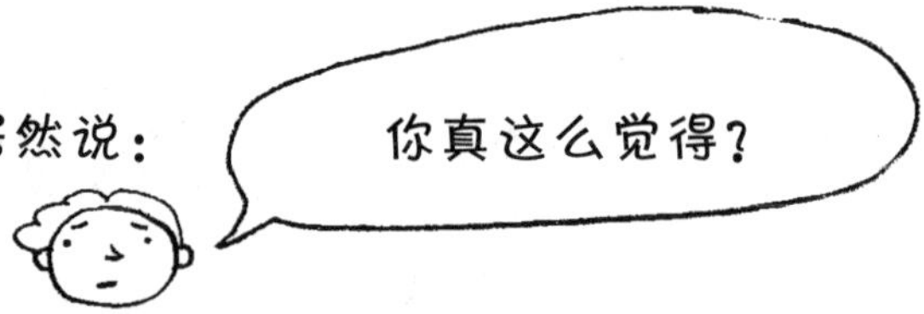

是的，马库斯的所作所为正如我所料。

现在全校都在议论兄弟3将在学校达人秀上演出的事，以及狗僵尸那场奇烂无比的面试。

那是学校有史以来最烂最烂的表演了。

（最后这句不是真的，可是感觉大家好像都在这么说。）

不久，面试成功的学生名单就张贴在了学校的告示栏里。不知怎么回事…… 狗屁 居然也上榜了。

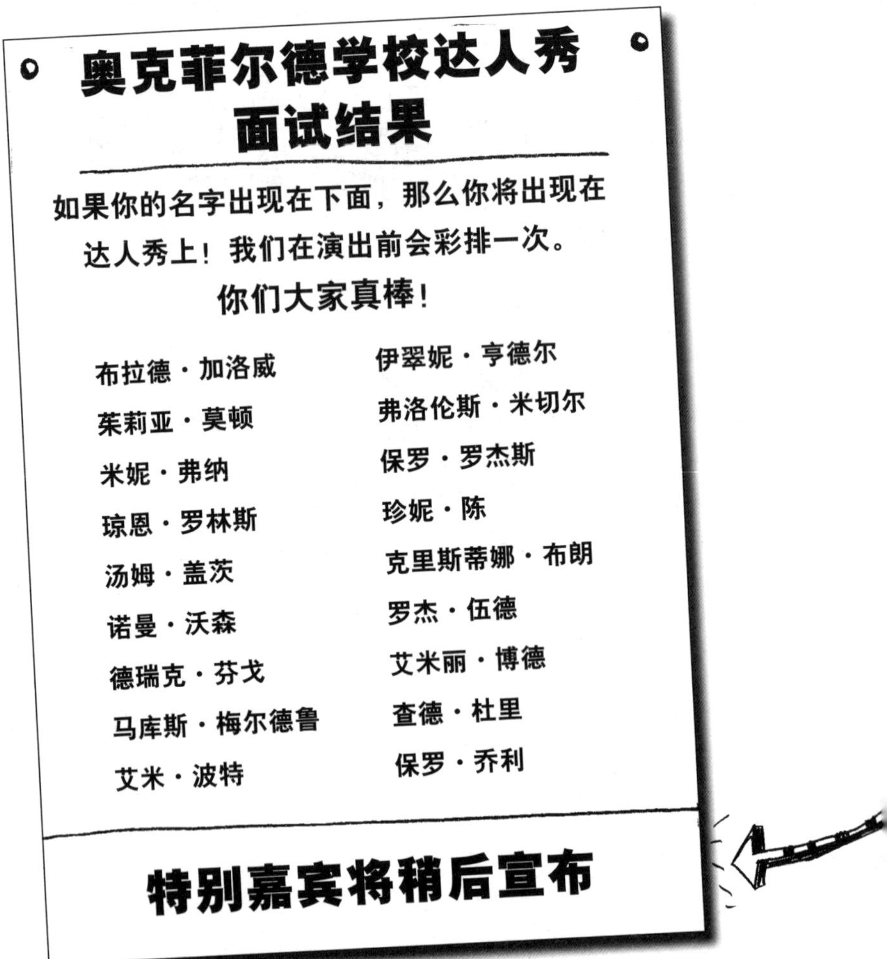

实际上，我一看  那名单就知道，每一个参加面试的人都入选了。

在名单最下面写着：特别嘉宾将稍后宣布。这看起来很有意思，是吧？

到底那流言会不会是真的呢？

全家出去看电影

回家的路上，我们撞到了迎面走来的乔伊。

（我说我们撞到了他……我的意思是我们真的撞到了他。）

我问他没事吧？他点点头，然后他说：

我都把这事给忘了。

我望着德瑞克，他一脸惊恐。

我告诉乔伊，我们应该很快要开始录制我们乐队的视频了。

乔伊则说：

德瑞克耸了耸肩膀，好像表示让他来也可以的意思。于是我说：“好吧，乔伊，我们在德瑞克家排练。我会告诉你时间的。”

乔伊说：“太好啦，谢谢。”然后他就一溜烟跑开了，又撞上了另外一个从拐角处过来的人。

我回到家以后，妈妈提醒我说，今晚我们应该

全家人一起度过一段美好的时光。

我说：是吗？

“是的，我们要去电影院。因为黛莉娅的头发还有点绿，所以我们得去个光线很暗的地方，不然她不会跟我们一起去的。”

“我们要看什么电影啊？”

妈妈说我们要看的是一个广受好评的电影。

“电影的名字叫作《水獭》。”

我说：是关于什么的？

我从来没听说过这个电影啊。

这时黛莉娅**插嘴**说：

是关于一只**水獭**的，笨蛋。

于是我说：“那可不一定，也可能是个关于间谍的电影，‘**水獭**’可能只是一个特工的代号。”

黛莉娅说：

“也可能是关于一只水獭的，这也解释了为什么在电影海报上印着一张**巨大的**水獭图片。”

妈妈说：

“好了，黛莉娅，斗嘴斗够了。”

然后我建议说，如果黛莉娅不想让别人看到她的**绿头发**，她可以请梅维斯奶奶给她织顶帽子啊，下面这两顶帽子都挺好，不是吗？

这时爸爸进来说：

我还是赶紧从他视线范围内消失，躲到自己的房间去，一直等到全家准备出发时再出来比较好。

这一等可真是等到**花儿都谢了**。

我们迟到太久了，差点赶不上看电影的开头。

买票的时候，妈妈**紧张起来**，因为她喜欢坐在靠前的位置，

她很担心现在靠前的票**都卖光了**。

而且她还**很讨厌**有人吃东西发出**很大的声音**。

妈妈认为应该**规定**在电影院里什么能吃，什么不能吃。

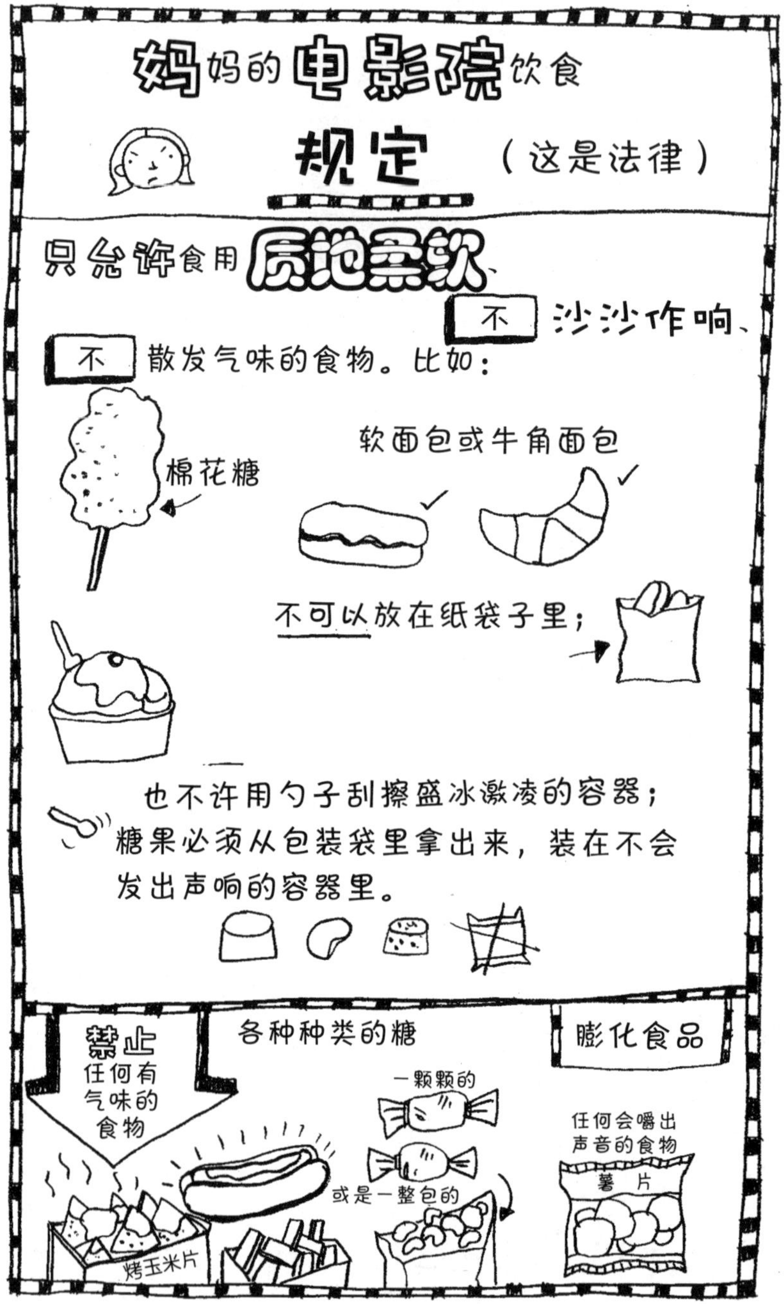
妈妈的电影院饮食
规定
（这是法律）
只允许食用质地柔软、
不沙沙作响、
不散发气味的食物。比如：
棉花糖
软面包或牛角面包
不可以放在纸袋子里；
也不许用勺子刮擦盛冰激凌的容器；
糖果必须从包装袋里拿出来，装在不会发出声响的容器里。
禁止
任何有气味的食物
烤玉米片
各种种类的糖
一颗颗的
或是一整包的
膨化食品
任何会嚼出声音的食物
薯片

我带了几块水果味软糖，在电影开始前就剥掉了糖纸。不然妈妈会一直瞪我，并且用胳膊肘捅我，直到我不会发出声音为止。

我们总算在电影开始前都买到了靠前的座位的票。黛莉娅戴着兜帽，一副比平时更不爽的样子。

我对爸爸说，要是她再摘掉墨镜，我就 不要 坐在她旁边了。

于是爸爸就坐在了我们俩中间。

我们都坐好了，灯光也开始变暗了。妈妈对她的座位很满意。

我们附近也没有人吃东西发出很响的噪声。一切都非常不错。这时我前方发生了一件事……

现在我什么也看不到了！

这下可好了。我不停地把身子从一侧挪动到另一侧，可我还是看不到屏幕。妈妈说我

。

我说："我看不见哪。"于是妈妈跟我换了座位。接下来的大约一分钟，我还真能看到整个屏幕了。

然后，这个全世界

个子最高、

脑袋最大

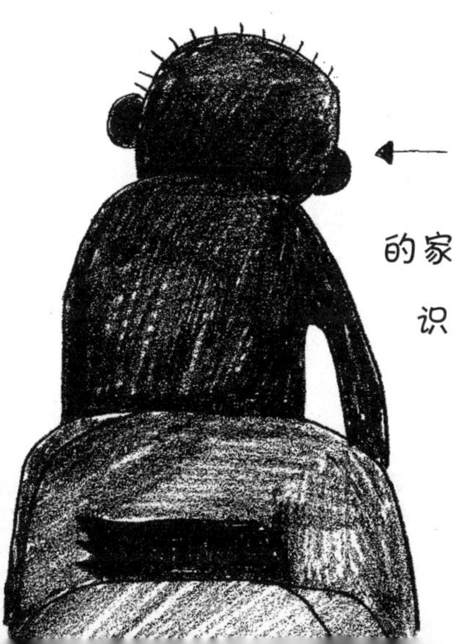

的家伙又来了如此举动……我这才意识到坐在我前面的是谁。

原来是实心儿，一旁还有他爸爸。

我拍了拍他的后背，说了声："嗨！"而妈妈则说："嘘。"

我决定去坐在他旁边，因为无论是坐在他后面还是他爸爸后面，我都什么也别想看见。

电影真的很好玩儿。就连黛莉娅都笑了（但我是绝对不会再看一眼她没戴墨镜的样子了）。

每次实心儿和我聊天时，妈妈都拍打我的脑袋，就是聊一丁点儿都不行。实心儿问："你们全家都来了？"

我轻声说：

“是的，我们来看电影就是来享受全家人在一起的美好时光的，这样我们彼此之间就省得说话了。”

这时妈妈又敲了敲我的脑袋，对我说：

“嘘——”

电影结束以后，爸爸说要去厕所，让我们在外面等他。

我们都站起来离场了，实心儿和我**聊着**电影、运动园和学校达人秀的面试，以及**诸如此类**的话题。

直到他和我说

，然后和他爸爸一起走开的时候，我才意识到他俩到底有多像。

妈妈纳闷儿爸爸这么久不出来是怎么回事，便回去找他，剩下我和黛莉娅（她这会儿更不高兴了）站在外面。

这时黛莉娅

突然发现她的前男友艾德正和几个朋友从电影院里出来。她对我说：“不许动，**不然**要你好看。”然后就弯下腰躲在了我身后。

我打算找点乐子，于是就开始左摇右摆，黛莉娅没办法，只好跟着我左摇右摆。我能听到黛莉娅在我后面压低声音说：“你**敢**再动！”这时艾德抬头看到了我。我向他挥了挥手，说：“嗨，艾德，在这儿见到你真高兴。”

艾德走过来说：“嗨，汤姆。”

我接着说：“电影真不错，是吧？”

他则说：“很棒……你还在玩乐队吗？”

我说："是啊，多谢关心。"

黛莉娅仍然弯着腰躲在我身后，她戴着兜帽，遮住了她那**绿头发**。这会儿她正想趁艾德不注意偷偷地溜走呢。

本来她也有可能潜逃成功的，可我偏偏挪开了身子，她便一下子没有了掩护，

恰巧这时突然刮起**一阵大风**，

把黛莉娅的兜帽吹掉了。

黛莉娅的**绿头发**在夜色中分外夺目。

所有人都看着她——包括艾德。

幸亏妈妈和爸爸回来得及时，她本想**报复我**，却只好作罢。

她说：“你等着瞧。”

这听起来可不妙。

于是我建议黛莉娅别那么闷闷不乐，来开心一下。“就像我这样！”妈妈说我们都玩得这么高兴真是太好了。

（嗯，我是玩得很高兴的，至于黛莉娅嘛，她看着还有点怒气，而且头发还是那么绿。）

没做作业

学校里的事情这么多，当然很容易就忘记了……

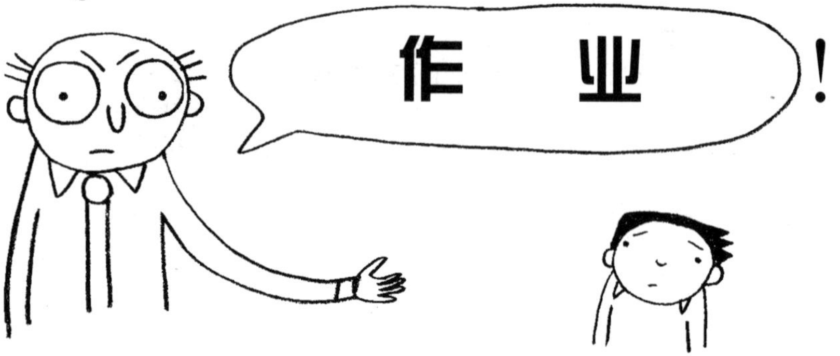

福勒曼先生仍然因为我们运动日那天的好成绩而心情愉快，所以他说我可以明天再交作业。这对我来说是个好消息。

我在家里（以及在课堂上）已经花了好多时间来策划狗僵尸的音乐视频。

我们有那么多事情可以做。比如：

- 制作 ♪ **野东西** ♪ *面具。
- 制作**野东西**海报，作为视频的背景。

- 在花园里拍摄视频，因为花园有些地方看着有点丛林的感觉。

我脑海中涌动着**好多好多**的**构思**，想都想不过来。我才没心思写整整一页A4纸的《**我的运动日**》作文呢。

---

*《野东西》是我们“狗僵尸”乐队的一首主打曲目。

“明天”到来得有点太快了——我今天早上去上学的路上才开始写作业，刚刚才写了一点点。

我只能把作业本藏在书桌下面……放在我的大腿上……这样，福勒曼先生看不到我在做什么，我才能把它写完。

考虑到我是在这样的条件下写完的作业，所以应该还算写得不错吧？

我的运动日

汤姆·盖茨

我真的好喜欢今年的运动日，因为我们差一点就得了冠军！太棒了！而且福勒曼先生心情也一直特别好。我们还吃了甜甜的橘子味饼干，真的很好吃。

太棒了！

汤姆：

你　　似　　乎　　字　　与

字　　之　　间　　的　　距　　离

太大了吧？

你别想糊弄我，让我以为你写满了整整一页A4纸！

别再来这套了。

福勒曼先生

唉，所幸没出现最糟糕的情况。

没有罚我留校，也没罚我“**再做一遍**”。

狗僵尸

音乐视频

在学校度过了**筋疲力尽**的一周之后，我、诺曼和德瑞克今天要拍摄**狗僵尸**的音乐视频了。我们正忙着做一些重要的决定。

1. 戴帽子还是不戴帽子？

2. 戴墨镜还是不戴墨镜？

3. 在室外拍摄还是在室内拍摄？

4. 戴面具还是不戴面具？

5. 现在吃威化饼，还是等会儿再吃？

等会儿再吃威化饼是到目前为止我们做出的唯一一个决定。主要是因为我们不想让诺曼太早疯癫起来。

我说："你们想想，如果是兄弟3来拍摄这个视频，他们会怎么做？"德瑞克说他觉得他们是不会戴面具的。

说得有道理。我们就都穿上狗僵尸的T恤衫，在德瑞克家的车库里拍摄，因为看样子可能会下雨。芬戈先生主动说要帮忙，还在他那个高级的三脚架上安放好了摄像机。

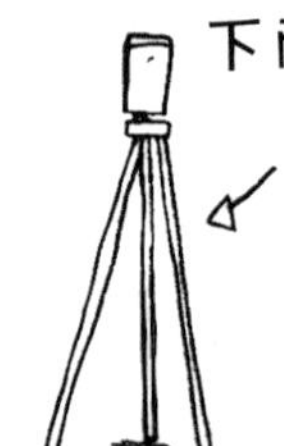

这本来很好，

但是这样也限制了我们的活动范围，

一不小心镜头就拍不到我们了。

德瑞克的爸爸开始叨叨：

我们那时候的经典音乐视频……

又来了。

于是德瑞克不得不提醒他，我们拍这个视频只是为了好玩。芬戈先生的电话响了，我们才算得救——他去接电话，总算能有一小会儿不来烦我们了。

德瑞克说："要不我们就按下摄像机上的'开始'键，先拍一次试试？"

这是个不错的计划，可是我们没法决定由谁去按开始键，因为按完了还要马上跑回到镜头里，做起来难度很大。我们刚准备开始拍摄，这时芬戈太太又进来了！她说："你们有客人来了，

他来看狗僵尸了！"

什么？

原来是乔伊。

我邀请了他来看我们乐队排练，然后我自己就把这事全忘了。

乔伊说他妈妈会在两个小时以后来接他。

德瑞克脱口而出：

“两个小时！”

好像两个小时是相当相当长的一段时间似的。

这时乔伊拿出一个很小很酷的摄像机给我们看，那是他妈妈今天借给他用的。“如果你们愿意的话，我也可以给你们拍摄一些镜头，怎么样？”

这个主意可真是**妙极了**。

（事实证明乔伊还真能帮上我们很多忙。）

虽然乔伊确实把摄像机撞倒了两次。

芬戈先生回来了，给我们提了一些拍摄建议。

有些还不错，有些就不敢恭维了……

不过经过这么一番折腾，两个小时真是一转眼就过去了。

乔伊的妈妈到来时，

我们拍摄得正起劲。她说：

“看起来真不错！你们需要的话，我可以帮你们做视频剪辑的工作。”

诺曼说：**“好爽。”** ，

（他的意思是“那太好了”。）

这时乔伊说：“这么一说我想起来了——我给你们带来了这个。”

他扔给我一大包焦糖威化饼！

芬戈先生忙检查他的摄像机有没有摔坏（还好没坏）。我觉得乔伊现在已经是个很棒的搭档了。

达人秀 彩排

福勒曼先生提醒我们：

“今天学校达人秀要在正式演出之前排练一次，而正式演出就在……今晚。”

我低声对艾米说：

这时福勒曼先生说：**“是的，汤姆，今晚。”**

我怎么会忘了这场学校演出的时间呢？

好消息是**狗僵尸**乐队排练的时间是11：15。

看来我可以逃过……**数学课**了。

胜利！（拍摄音乐视频对于我们来说也算是种练习，还是有好处的。）

马库斯11点彩排，在我们前面。他（和往常一样）坐在我旁边抱怨着。

他认为【他】应该是最后**压轴**演出的。

我说："你是怎么得出这样一个结论的？"

他则回答说：

"因为【我的】表演是**最好**的。"

我则说："谁说不是呢？"

他说："没有任何人能像我这样表演**魔术**。"

于是我说："那特别嘉宾？

怎么样呢？有传言说兄弟3要来我们学校演出。他们可比你强。"

他则说："别傻了……兄弟3才不会来我们学校呢。那是不可能发生的事，不是吗？"

然后他就开始用手抓后背，

看得我都觉得浑身痒了。

当我发现艾米、伊翠妮和弗洛伦斯都在看着我时，我的手马上停了下来。

她们正在准备稍后的演唱。

她们在狗僵尸之后表演，接下来是马克·克朗普。

很显然，马克带来了他的一个受过训练、会表演戏法的宠物。

（也许是他的蛇？那可太惊人了。）

布拉德要表演街舞（这次他不是在福勒曼先生背后跳舞了）。

我真希望知道那特别嘉宾到底是谁！

如果不是兄弟3，那会是谁呢？斯普罗基特先生和纳普太太在彩排时只字不提。

他们对我说：

“大家都一样，到时候就知道了，汤姆。”

这真气人，因为我好想回家告诉黛莉娅

兄弟3 今晚要来我们学校的音乐会。

最近她因为她的绿头发（现在还是有点绿）而不大出门，不过要是错过了兄弟3 的演出，还是会让她很气恼的。而且我还会不断提醒她是为什么错过他们的演出的。

哈哈！

唉，算了吧……不可能是兄弟3 的，不是吗？诺曼肯定是搞错了。

午餐时间，乔伊来找我，他说他已经有了一份我们演唱《♪ 野东西 ♫》的完整视频。

“我会让我妈妈把视频寄给你的，真的很不错。”

（我得到乔伊做搭档真是**太棒了**——好吧，我知道是他挑选了我，但这样也很好。）

因为学校晚上有演出，大家**都可以**早回家一小时做准备。

我和德瑞克根本不需要多长时间来做准备。

我正看着《**摇滚周刊**》呢，德瑞克来了，我向他提议说：

“如果我们想更有**摇滚范儿**的话，应该再弄点特殊的道具，

或是让头发**竖立起来**……就像这样。”

他说：“你真这么觉得？”

这可能是个好主意。

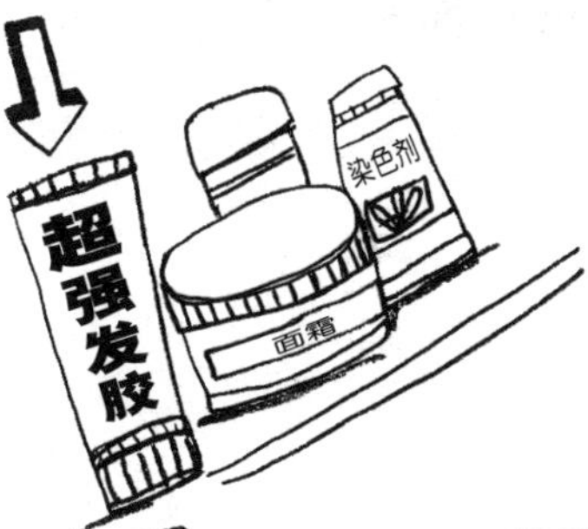

我走进卫生间，给自己涂了一些发胶。

那发胶放在那里有段时间了。我想那是凯文叔叔买来送给爸爸当礼物的……

是为了拿爸爸**找乐儿**。

我手里还存着一大堆黛莉娅的墨镜，今晚正好可以“借来”用。德瑞克和我都认为我们戴上墨镜的样子很帅。

德瑞克留在我家吃晚饭。我们正在吃饭的时候，爸爸回来了，手里提着一个塑料袋。

他说：“我给我自己买了一条新短裤，跑步用的。”

他十分喜欢那条短裤。

我低声对德瑞克说：

“但愿‘公鸡’还很饿。”

他听了哈哈大笑。

今晚达人秀

（还有特别嘉宾！）

所有今晚要演出的孩子都在离礼堂比较近的教室里做着准备。

在演出开始之前，大家都在兴奋地聊着天。我、德瑞克和诺曼都穿着我们狗僵尸乐队的T恤衫。

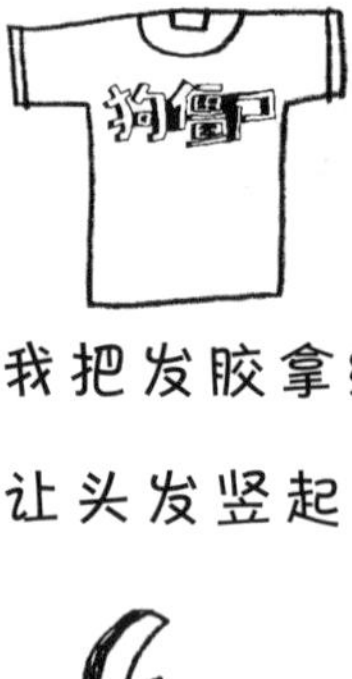

我把发胶拿给诺曼看，对他说：“我想我应该让头发竖起来，这样看起来更酷，更像个

摇滚歌星的样子。”

艾米正和弗洛伦斯在一起，

她听到了我说的话，便说：

“**你**应该这么做，汤姆！这样看起来**很棒**！”

诺曼只是说了声：

因为他的多动症现在快要发作了

（就像现在这个样子）。

于是我在手里挤了好多发胶，

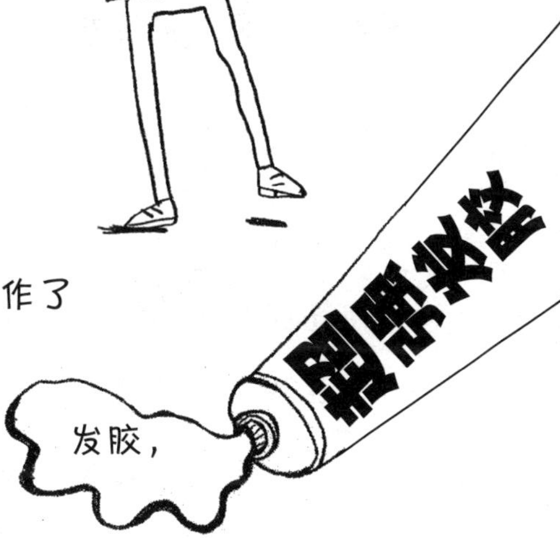

涂到了头发上。可是那发胶

竟然就保持着那么**一大团**的样子，粘在

我的头发上了。

德瑞克说："我觉得你还得揉一揉。"

我照做了。"现在怎么样？"

艾米和弗洛伦斯都看着我的头发。弗洛伦斯说："也许你应该用梳子把头发往上梳起来。"

但我没有"梳子"这种东西。艾米说我可以用她的。艾米真是太好了！

如今我头发上粘着半吨发胶，样子肯定傻死了。

德瑞克建议我：

去找面镜子，对着镜子弄。

说得是。我奔向卫生间，努力地用艾米那个样子很好笑的小圆梳子把我的头发梳起来。

我还从来没用过这样的梳子呢。

我拿着它在前面的头发处转几下，然后试图把头发往上拉直，

形成**一个发尖。**

可是梳子被**缠住了**。

于是我又多转了几下。

根本没用。

这可**坏了**。我努力让自己**别慌**，可我越是转动梳子，头发就缠得越紧。

这可真是

倒大霉了！

见我这么半天都没出来，德瑞克就来找我了。他说："汤姆，我们得准备上台了。"而我说："出了点小问题。"

德瑞克说："我知道，斯普罗基特先生要我们提前表演，都是因为马库斯。"

我想德瑞克还没意识到，我手里拿着的那把梳子实际上已经缠在我头发上拿不下来了。

我一边努力试着把梳子取下来，一边问他："马库斯怎么回事？"

德瑞克说：

“斯普罗基特先生让我们**先演**，

因为马库斯……”

我说：

“紧张了？……冒冷汗了？

……还是让人烦得受不了了？”

德瑞克说：

“不，不是这么回事。他的节目被取消了，

因为他长了……

马库斯挠痒痒。

德瑞克说，马库斯的妈妈打电话来说，他的皮疹不严重，但是马库斯说他没法表演魔术了，因为他浑身都痒痒。

这下好多事情就都明白了。

德瑞克最后总算注意到了我的头发里正插着把梳子。“你的头发怎么了？”

“梳子拿不下来了。”我说。

德瑞克试着帮我把梳子拔下来。

我疼得大叫：“啊嗷！”

他马上停下来了。

“你是怎么搞成这样的？”

“我转了转梳子，结果它就被缠住了……那发胶把它粘得更牢了。”

我需要帮助……而且要快！

可是没人知道该怎么办。

就连斯普罗基特先生和纳普太太也没法把梳子从我头发上弄下来。

咕哝太太走过来说：“有一次乔伊的梳子也像这样缠在头发上拔不下来了。”

“咕哝太太，他是怎么把梳子拔出来的？”

咕哝太太用手指比画了一个用剪刀剪东西的动作。

“他妈妈最后剪掉了他的头发，恐怕那是唯一的办法了。”呵呵，这下好了。**唉——**

斯普罗基特先生说，如果梳子的问题搞不定的话，我们可以晚一点再表演。

我说：“**是的**——我们需要晚**好长**时间。”（一个星期还差不多。）

斯普罗基特先生说现在我得把家长找来帮忙了。德瑞克说他可以帮我到观众席里去找我妈妈。

“他们现在应该到了吧？”

我非常勉强地说了声：“好吧。”

妈妈看了我和那梳子一眼，说：“你怎么会搞成这样的？”我说：“这真是个谜了，我只不过是梳了梳头发而已。”

（我没提那半吨发胶的事。）

艾米有些愧疚感，因为是她给我的梳子。

她说：“如果你不得不折断它的话，那就折断吧，你不用还给我的。”

我真的希望妈妈可千万别这么干！

可是大家能找到的唯一一把用来剪我头发的

剪子却有点钝，

尖端是圆的。

这样的剪子是剪纸用的。

妈妈说："这我没法用啊，汤姆。"

所以我只能：

- 无视这把梳子（这有点困难）。
- 或者戴一顶大帽子。

- 或者戴个面具。

我可不想上台演出时有这么把梳子挂在我头上

晃来晃去的。

达人秀已经开始了。

没有了马库斯，表演进行得还挺顺利。

基恩先生通知大家，节目顺序会有一些调整。

现在我们改成最后一个出场了，所以我希望到时梳子的问题已经全解决了。

可是情况看来不妙。

诺曼和德瑞克一边摇头一边盯着我看。

“汤姆，这搞不定啊，是不是？”德瑞克说。

他说得没错。

我不想头上插着把梳子上台去，

在全校同学面前演唱《♪**野东西**♫》。

我对斯普罗基特先生和纳普太太说我真的很抱歉，现在真的没法演节目了。

“没关系，我们让特别嘉宾提前上场就好了。”纳普太太说。

我心里想，这样一来可就**太好了**，因为纳普太太知道我是**兄弟3**的粉丝。我问她：“那么，是**兄弟3**要来演出吗？”

而她则说：**“我不能泄密哟！”**

这大概就意味着不是吧。

妈妈回座位去看接下来的表演了（虽然我已经不会再上台了）。她说等我回家以后她再处理那个梳子的问题。（真丢人。）

不过至少我可以观看那些我之前没看过的达人秀节目了。

比如马克·克朗普和他那只会说话的虎皮鹦鹉。

弗洛伦斯、艾米和伊翠妮合唱歌曲。

（她们唱得真好听！）

布拉德·加洛威那**精彩的**舞蹈。

还有几个小家伙，一人念了一行诗（念的时间有点长）。

另外有几个唱歌的。

有表演戏剧的。

还有一个口技表演。

（这是到目前为止我最喜欢的节目了。）

当最后一个节目表演完毕时，基恩先生走上台来，所有的灯光都暗了下去。

他说，奥克菲尔德学校的孩子们一个个都才华横溢，演出了这么多精彩节目！这真是一场了不起的达人秀！

鼓掌！　鼓掌！　鼓掌！　鼓掌！

“我相信你们一定都在想，到底今晚的特别嘉宾会是谁呢？”

没错——！

“下面，让我们非常荣幸地欢迎一支全球知名的乐队到我们学校来进行第一次，也可能是最后一次的演出！”

我看着德瑞克和诺曼，他俩也在等着揭晓这神秘嘉宾到底是谁。

诺曼说：早告诉你了吧，兄弟3要来的。

可是我到处看也看不到他们。这时基恩先生说：

“我们奥克菲尔德学校要隆重欢迎这支绝无仅有的……”

（鼓声咚咚隆……继续咚咚隆隆隆隆隆……）

“火药3！”

在那一刹那我以为基恩先生说的是 **兄弟3** ，我高兴得一边上蹿下跳，一边大声欢呼。

这时我看到……

福勒曼先生、斯普罗基特先生和沃辛顿胡子太太出现在台上，他们穿得像是要去骑摩托飙车似的。

沃辛顿太太戴着一个假胡子

（呃，应该是假的）。

我、诺曼和德瑞克全都惊呆了。

就像这样……

他们开始唱起来……

准备好要教的课
朝着教室走去
让孩子们都跑起来
为运动日练习

我们是新生代老师乐队
生来就是这么前卫
在奥克菲尔德学校
我们能一直有趣到老

生来就是这么前卫
生来就是这么另类

这首歌太搞笑了……

有些大人都笑得**前仰后合**！

斯普罗基特先生和福勒曼先生装成**摇滚歌星**的样子转着圈跺脚。可真正**玩疯了**的还要数沃辛顿太太！

我对德瑞克说：

“这真是史上最疯狂的事了！”虽然不是**兄弟3**，但“**火药3**”的表演简直太滑稽太热闹了，我几乎忘了我头上还插着把梳子。

他们表演结束时，

好哇！

观众都**热烈欢呼**起来。

啪啪啪！ 好哇！ 啪啪啪！ 好哇！

我想，老师们的这个节目会被全校学生一直议论下去的，**直到永远**！

演出结束后，我便和大家说声再见，然后去找爸爸妈妈。他们都认为这个老师乐队“**非常棒**”！

爸爸说：“我看了都想玩乐队了！”

妈妈瞪了他一眼，说：“我看你还是算了吧。”

（我对妈妈的话表示同意。）

不过至少爸爸开车来了，我不用头发上插着这把梳子一路走回家了。（这真让人舒了一口气。）

这一路不断有人**盯着我看**，

我一路躲。

但是回了家，黛莉娅是怎么也躲不开的了。爸爸妈妈和黛莉娅讲那个老师乐队**有多搞笑**。

黛莉娅根本没听他们说，她只顾着一边看我一边摇头。

她说：

“这个发型你是怎么做出来的，白痴？”

于是我说：“这跟你的**绿头发**一样，不过是个意外事件。妈妈现在要帮我解决这个问题了。”

可我还没来得及想妈妈**到底**会怎么做（似乎只有**剪掉**我的头发才能把梳子取下来），她突然就拿着把剪刀出现了，

然后就……

咔嚓！咔嚓！

接着又来了几剪子，咔嚓……咔嚓……

咔嚓……

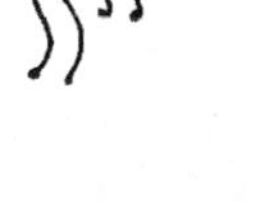

就这么弄完了。我一直闭着眼睛，直到妈妈说：“好了，没了。”

我赶忙去照镜子，看看妈妈都做了些什么。

她说得真对啊——

真的是什么都没了。

深吸一口气。

我照镜子的时候被黛莉娅逮了个正着。我正等着她像平时那样**讽刺我**，谁知她说：

“别担心，会长回来的……

总有这么一天。”

我想，这句话从黛莉娅嘴里说出来，

还不算**太**让人生气，是吧？

我上了楼，准备睡觉了，这时我想起来，我得让德瑞克知道这条重要新闻——于是我迅速地画了一幅涂鸦，把它贴在了窗子上。

妈妈和爸爸都进来对我说晚安。他们说，我的头发短一点看着更酷。（我可不太信。）

我怎么觉得这发型看起来有点怪呢？

于是我躺在床上，算是慢慢入睡了吧。可是我无法停止思考两件事：

1。**火药3**——太逗了！

2。我那**被剪掉**的头发。

如果我不得不以这样的发型坐在马库斯旁边（等他身上不痒了，回到学校上课以后），他恐怕会不停地取笑我。

那会让我

发疯的。

突然间，我脑子里**闪出**一个主意，这是我有生以来想到的**最绝最妙**的主意。

我飞快地从床上跳下来，

抓过一把梳子。

等我的头发再长长一点，也许我可以就这么着……

看看这样行不行……

哦，太好了！
换了个边！

又一个……

天才的主意！

我真的不能不这样表扬一下自己。☺

（谢谢大家……谢谢大家。）

如何制作一个纸爆竹

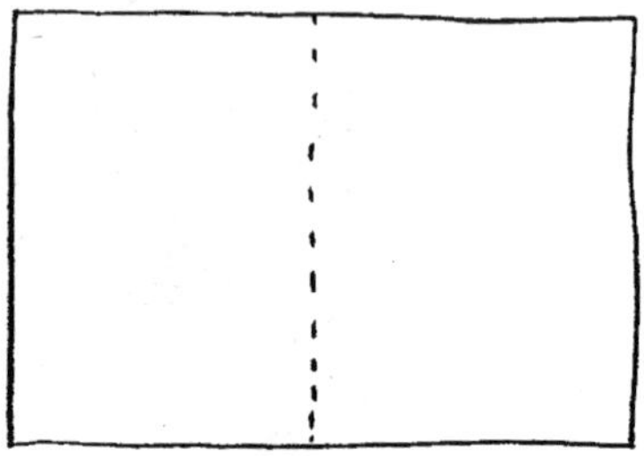

1. 一张A3纸。

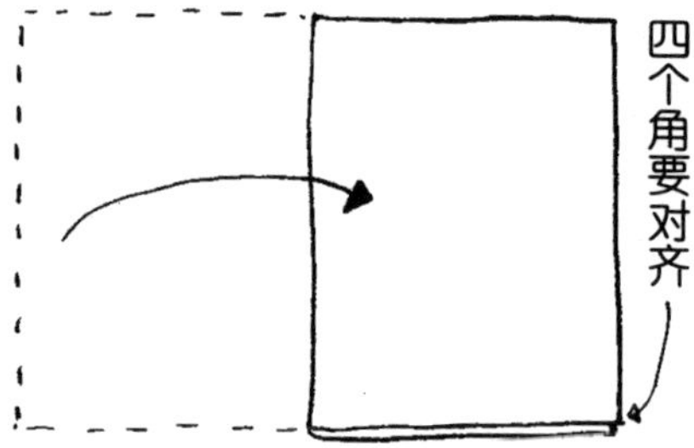

2. 中间对折一下。

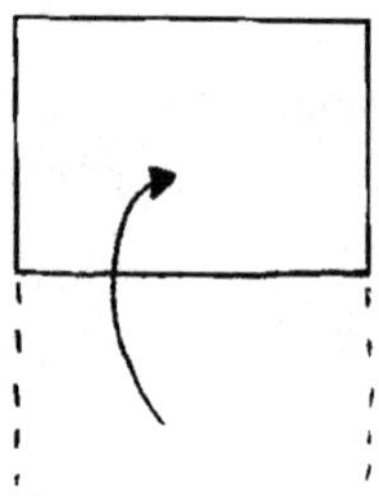

3. 然后再对折一下。

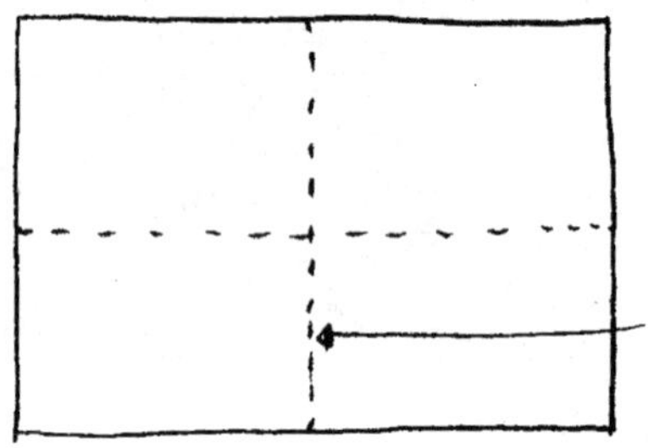

4. 然后打开纸。现在应该有很清楚的折痕了。

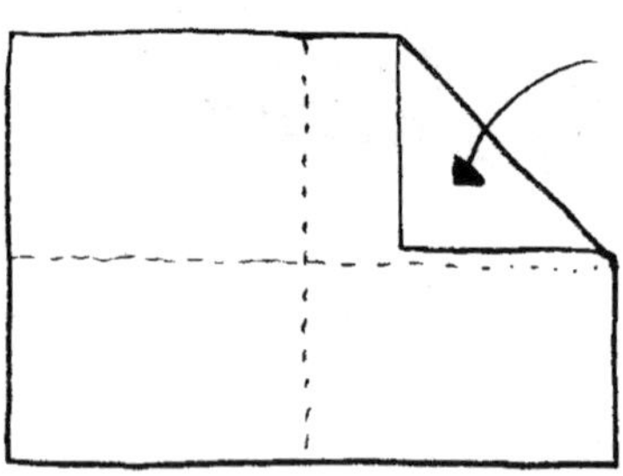

5. 把一个角向内折至中间的那条折线。

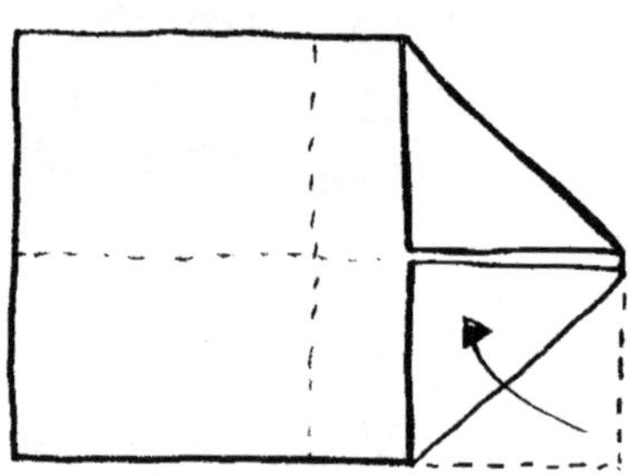

6. 其他几个角也用同样的方法折。

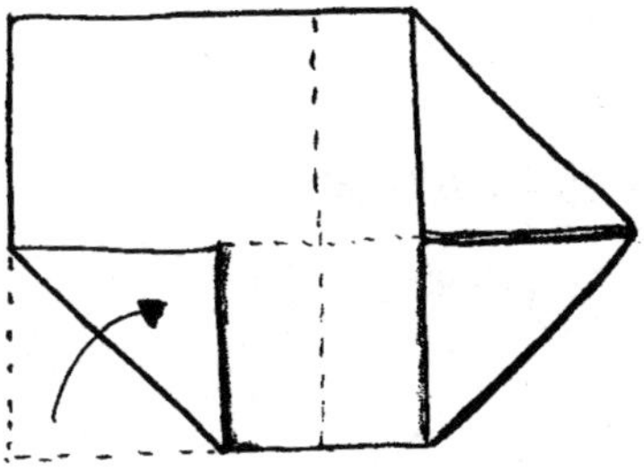

7. 要折完四个角。

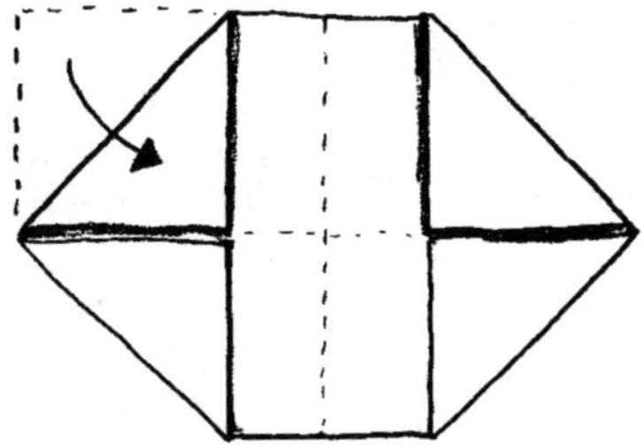

8. 你的纸应该是这个样子的。

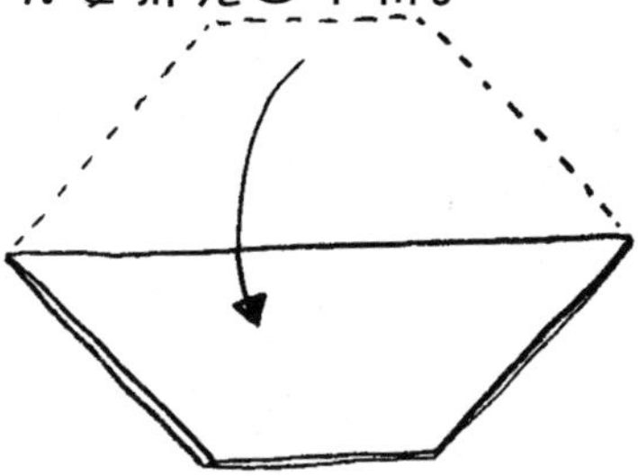

9. 把纸对折，四个折起的角朝内。

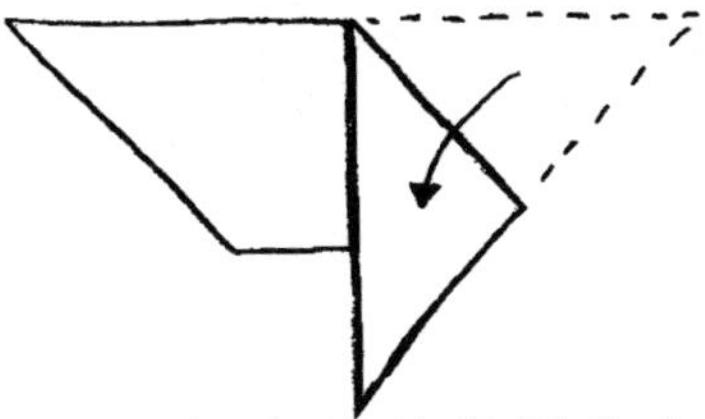

10. 把右边的角折向中间。

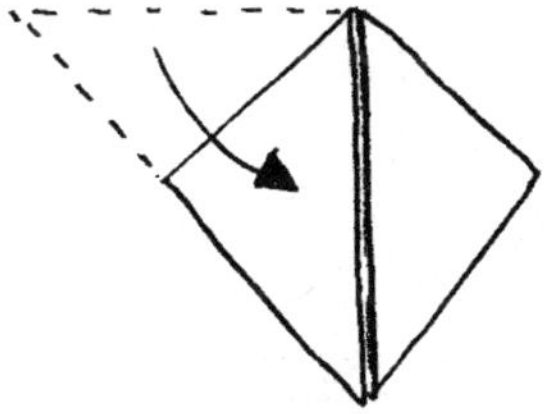

11. 把左边的角也折向中间。

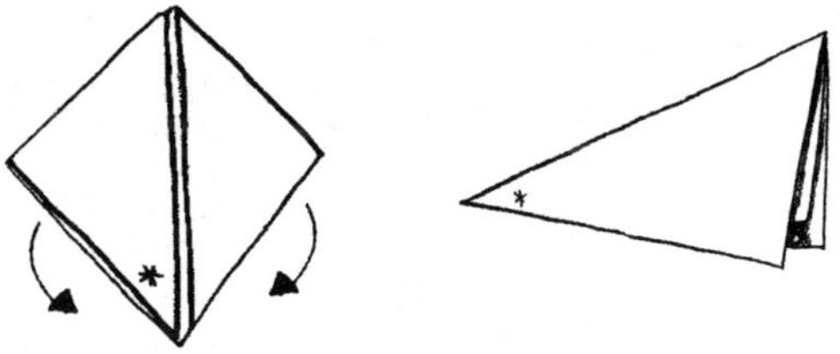

12. 把整个纸爆竹对折，捏着标记出来的那个角，然后用力向下甩。

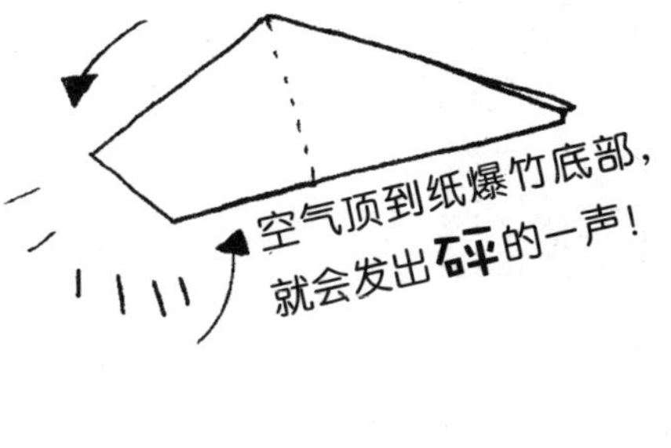

问题：

你怎么能让一个**巨大的**硬面包圈怪兽不吃你呢？

答案：给他们最新的一本“了不起的小盖茨”系列之《幸运指数计量仪》。

2017 年 12 月出版

幸好乔伊帮我们的视频拍了一些镜头，因为用芬戈先生架设的摄像机拍出来的镜头根本没法用。

原因显而易见……

用芬戈先生的摄像机拍出来的视频就是这样的。

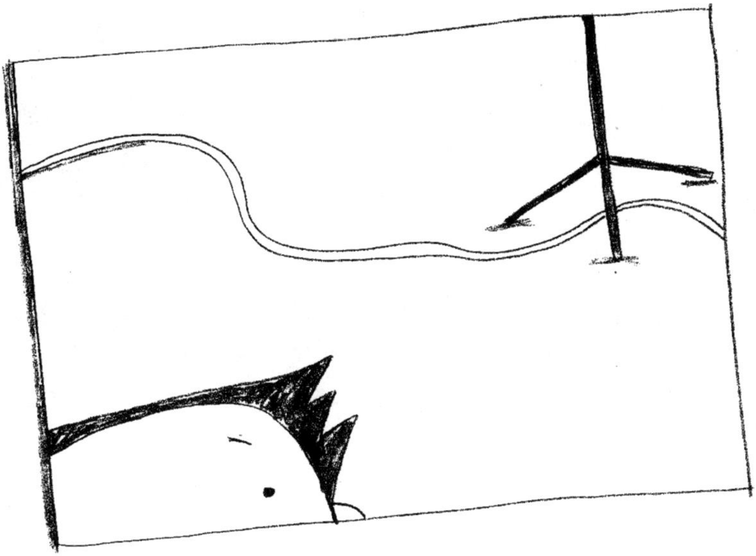

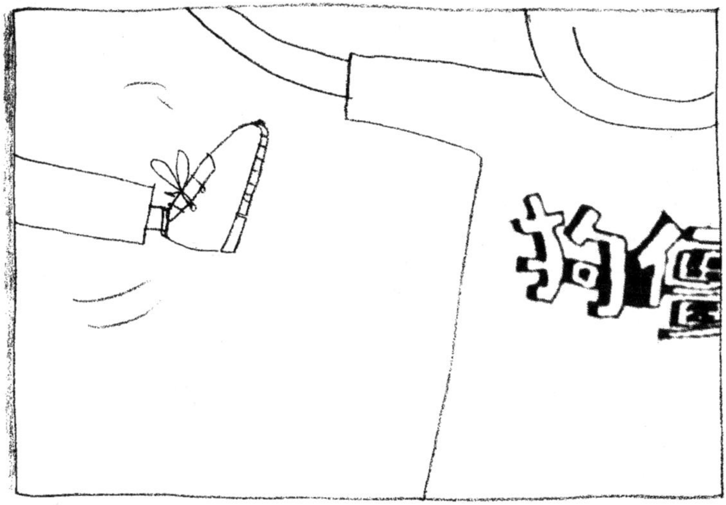
拘

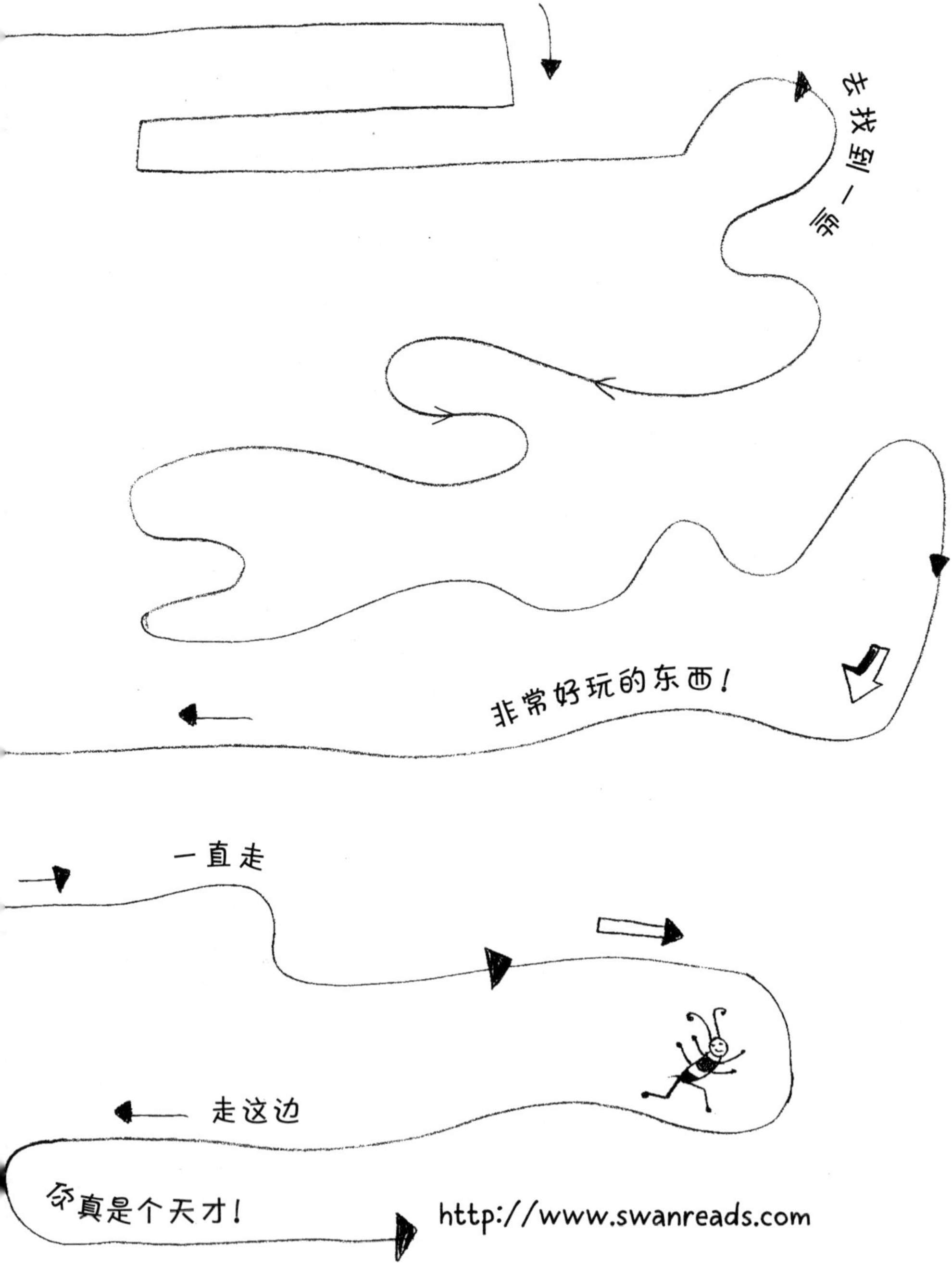
去找到一些
非常好玩的东西!
一直走
走这边
你真是个天才!
http://www.swanreads.com